徳　間　文　庫

内調特命班　邀《よう》撃《げき》捜査

文

徳　間　書　店

『犬神憑《つ》き』の伝説——犬の霊が特定の家について、
その財産を増すために働き、他人に害をなすという伝承。
中国地方、四国、九州などに分布する。

1

成田空港内に警察官たちの眼が光っていた。だが、彼らはすべて私服警官だったため、実際ほどの警備のものものしさは感じられなかった。

一般の旅行客はまったく気づいていない。彼らは時差で参っており、遊び疲れでぐったりしている。

出発便の遅れにいら立ち、慣れぬ異国の空港で緊張している。

だが、特別に敏感な人々がいた。

国から国へ渡り歩き、情報をかき集めるために、あらゆる訓練を受けたような人々だ。

彼らは、成田空港の緊張した雰囲気を肌で感じ取っていた。

そういった連中にとってみれば、空港の発着ロビーの空気は強い静電気を帯びているようなものだった。

彼らは偶然そこに居合わせたに過ぎない。しかし、彼らの多くは警備の理由を知っていた。

そして、この場で何かが起これば、自国に報告すべき重要な案件を目撃することになるかもしれなかった。

そうした理由で、私服警官に加えて、各国の課報《ちょうほう》関係者が空港内にとどまり、さりげなく様子をうかがっていた。

世界の課報関係者の関心は、かなりまえから変化してきていた。

つまり、東西関係に加えて、同じ陣営内の争いに注意を向けなければならなくなってきたのだ。

日本は端的な例だった。

米国と繰り広げている経済戦争だ。

アメリカ合衆国政府にしてみれば、まさに経済問題は、生死を分かつ戦いだった。

今、成田空港内が秘密裡《り》に警備されていることと、日米の経済戦争とは無関係ではなかった。

南ウイングの到着ロビーに、大きな荷をたずさえた人々が姿を見せ始めた。

ノースウエスト航空便の乗客たちが入国審査、税関を通り、ブロンズガラスの自動ドアをくぐってロビーへ出てきたのだ。

地味な背広を着た白人が、スーツケースを両手に下げて歩み出てきた。

青い眼に砂色の髪。身長はそれほど高くない。グレーのスーツに眼と同じブルーのシャツ。ワインレッドのネクタイをし、同色のポケットチーフをのぞかせている。

年齢は三十五歳から四十歳の間。一見、エリート・ビジネスマンに見える。

彼は周囲のことなどまったく気にする様子もなく立ち止まった。

注意深い人間、あるいは外交事情に通じている人間ならすぐに、彼がビジネスマンではないことに気づいたはずだ。

彼のスーツケースには、外交用のビニールテープが巻かれていた。このテープによってケースの中味は出入国審査を免れる。

そのテープは、彼が多少なりとも外交上、重要な人物であることを物語っている。

しかし、日本の私服警官たちの態度はそれに反するものだった。警官たちは、この白人を彼らの職域における重要人物――つまり犯罪者として扱おうとしていた。

その白人を、ふたりの人物が出迎えた。

出迎えのふたりも白人だった。

ひとりは、黒っぽいスーツに磨き上げられたプレーントゥーの黒い靴をはいている。かなりの年配で頭には白髪がわずかに残っているに過ぎない。しかし、背が高く、たくましい体つきをしている。

もうひとりは若い男だった。ダークグレーのピンストライプのスーツで、同じく、よく手入れされた黒靴をはいている。

三人はにこやかに握手を交した。

若い男が荷物を持ち、出入口に向かった。私服警官たちが動いた。

彼らは尾行を始めたのだった。

日米以外の諜報担当者たちも、移動を始めた。

彼らははっきりとそのときに事態を悟った。

「アメリカから、またひとり、やってきたのだ」

各国の諜報担当者は、一様にそう考えていた。彼らの考えは正しかった。

アメリカからの客は、米国大使館の旗のついたフォードのセダンに乗り込んだ。あらかじめ、駐車場から出してあったのだ。

警官たちも抜かりはなかった。大使館の車には、覆面パトカーの尾行が少なくとも五台はついていた。

この客はそれほどの大物なのだった。

黒い米国大使館の車は、ゆっくりと東京方面への車線へと進んだ。

覆面パトカーはそのあとをつけた。

各国の諜報関係者のうちで、すぐに車を手に入れられる者は大急ぎで、その一団のあとを追った。交通手段のない者は、その場で追跡を断念した。

追跡をあきらめた者たちは、皆思っていた。

「どうせ、いつもと同じ結果なのだ」

米国大使館の車は、東関東自動車道をひたすら東京へ向かうように見えた。

覆面パトカーは、その車を取り囲むような形で走り続けていた。

アメリカからの客を乗せた車は、佐倉の出口で高速道路を降りた。そのまま、国道五一号線——佐倉街道を進んで千葉市に向かった。

車内で、アメリカからの客がスーツケースを開けていた。シャツや下着類の間から、彼はエッグ型の手榴弾《てりゅうだん》を取り出した。ベトナム戦争でおおいに役立ったM26手榴弾だ。

助手席に乗っていた年配の男が、ふと後部座席を振り返り、M26手榴弾に気がついた。

「おい」

年配の男は客に言った。「いったい何をする気だ?」

「いいから言われたとおりに走っていただきたい」

国道は空《す》いていた。車は時速五十キロ以上の速度で流れている。

客の声は低く、たいへん冷酷な感じがした。

年配の男は何かを言いかけたが、やめて正面を向きなおった。

彼は、後部座席の客の眼を見てしまったのだった。声と同様に冷たい非人間的な印象を与える眼をしていた。まるで感情というものがないように見える。

空港ロビーでのにこやかな出会いは、明らかに演技だったのだ。

助手席の年配の紳士は、今、客が本性を現したことを知った。

客は、後方から一台の車が尾行してくるのを確かめた。
ルーフの下が大きく出っ張っている。回転灯を収納しているのだ。
そのうしろにも、同様に覆面パトカーがぴたりとつけてきているはずだった。
片側一車線のため、車は一列にならざるを得ない。
アメリカからの客は、サイドウインドウを開け、手榴弾のピンを抜いた。
レバーをはなす。バネがはじける音に続き、信管が発火するかすかな音が聞こえた。
ハンドルを握っている若者は、ようやく客が何をしているのか気づき、目を丸くした。
だが、彼には抗議する度胸がなかった。
客はレバーをはなしてから、二秒待った。
タイミングを外すと、ちょうど車と車の間で手榴弾が爆発することになる。
二秒たってからの男の動きは信じがたいくらいに素早かった。
窓からいっぱいに腕を突き出し、M26手榴弾を後方へ転がした。
同時に彼は叫んでいた。
「めいっぱいアクセルを踏め!」
次の瞬間、後方ですさまじい爆発音がし、地面が揺れた。

手榴弾は、すぐ後方にいた覆面パトカーのリア・タイヤのあたりで爆発した。トランクがきれいに吹き飛んでいた。

後輪をもぎ取られたパトカーは、アスファルトに後ろ側の胴体をこすりつけ、激しく火花を散らしながら、急停止した。

そこに、後ろから迫っていたもう一台の覆面パトカーが突っ込んだ。

残りのパトカーは、その現場を避けようと向かい側車線に躍り出た。

その正面にダンプカーが立ちふさがっていた。

ダンプカーは対向車線を走ってきて、急ブレーキを踏んだところだった。

先頭の覆面パトカーが避けきれずダンプカーにぶつかっていった。そのうしろから次の覆面パトカーが突っ込んでいった。

残った一台の覆面車は、急ハンドルのため路上でスピンをし、さらに勢いあまって道路の外へ飛び出した。

最初に手榴弾の直撃を受けた車が火を吹いた。タンクから洩《も》れ出したガソリンに電気系統の火花が引火したのだ。

乗務員のほとんどがけがをしていた。

なかには重傷と見える者もいる。けがの軽い者たちは必死で仲間を車から引きずり出し、その場から離れようとした。

火はすぐさま燃え広がった。

一度、そしてまた一度、爆発が起こった。私服警官たちは投げ出されるように地面に伏せた。

さらにもう一台のパトカーに引火し、爆発が起こった。

ひとりの私服警官が、額から血を流しながら、その炎を見つめ、地面を拳《こぶし》で叩《たた》いた。

彼はうめくように言った。

「くそっ！　アメ公め」

「なにも、あそこまでやらなくても……」

大使館の車の助手席に乗っている年配の白人が言った。

客はかすかに笑って言った。

「私は、やるべきことは徹底してやる」

「日本の警察は米国大使館の車を尾行していたのですぞ。それで、あんなことになった。外交上、たいへん面倒なことになるかもしれない……」

「ならんさ」

「なぜ……？」

「日本も面子《メンツ》にかけて、わが合衆国大使館の車を尾行していた、などとは言えない。そして、彼らがなぜ事故を起こしたかは誰も知らない。少なくとも、誰も知ってはならないという措置がとられる。違うかね」

年配の男はこたえなかった。

アメリカからの客は口調を変えて言った。

「さて、私は千葉シティで降ろしてもらう。出迎えてくれて感謝している」

年配の男は驚いて言った。

「私たちはあなたを無事ホテルまで案内するように命じられている」

「私は、犯罪組織の人間として振る舞わねばならない。それに、短時間で土地勘を得る必要がある。私は千葉シティから鉄道で東京に入る。東京では地下鉄を利用してみる。荷物だけは先にホテルに届けてくれ……。いや、日本の交通事情を考えると、電車を利用する私のほうが早くホテルに着くかもしれない……。聞くところによると、東京のハイウェイは、時速二十キロ以上では走れないそうじゃないか……」

「確かにそういう道が多いです」

若者が初めて口を開いた。「狭くるしい土地に細い道をこしらえて、詰め込めるだけの車を詰め込んでいる状態なのです。日本人は、必要だからではなく、金がありあまっているから車を買うのです。駐車するスペースもないほど狭い土地なのに……」

「そう」

客はさきほどから同じようなかすかな笑いを浮かべている。「日本人は愚かだ。その愚かな黄色人種が世界の盟主であるべきわがアメリカ合衆国を経済的に苦しめている。日本の男どもは札束を手に、同じアジアの隣国へ出かけて行っては女をあさり、恥をさらし続けている。芸術的価値もわからないのに、ただ見栄《みえ》だけで高価な美術品を落札し続けている。こうした振る舞いは社会的正義に反する行為だ。許されるべきではない」

「同感です」

若者はうなずいた。「日本にいるとよくわかります。ビジネスマンも醜いが、若者はさらに醜い。黄色い肌の胴長のやつらが、白人の恰好《かっこう》の猿真似《さるまね》をしている。見られたもんじゃありません」

「そのために私たちが次々に送り込まれているんだよ、坊や。この世界で最も目障りな劣等民族を内側から滅ぼすために、な……」

「はい……」

若者は急に緊張した。

やがて車は千葉駅に着いた。

客は車から降りた。そのまま振り返りもせずに駅構内へ向かった。

年配の男は吐息を洩らした。

「やれやれ……。長年外交関係の仕事をやってきたが、本物のテロリストの面倒を見ることになるとは思いもしなかった」

「単なるテロリストではありません」

若者は不満げに言った。「彼らは近い将来、世界から英雄と呼ばれるようになるでしょう。この極東のクズのような国を滅ぼした張本人として……」

年配の男は言った。

「ホテルに荷物を届けて、大使館に戻るんだ。たのむから、この先、余計なことはしゃべらんでくれ」

霞《かすみ》が関《せき》の総理府庁舎の六階にある内閣情報調査室は、このところ、最も多忙な省庁のひとつとなっていた。

かつての内閣調査室が中曽根内閣時代に機能強化された結果生まれたのが、この内閣情報調査室だった。

同様に中曽根内閣時代、総理府内に危機管理対策室が設けられたことがあった。非常時に際し、内閣の総合機能強化を狙《ねら》ったのだ。しかし、五十九年の秋、内閣改造が行なわれ、危機管理問題担当大臣は存在しなくなり、危機管理対策室も姿を消した。

今や、内閣情報調査室は、中曽根内閣当時よりはるかに実権を握っていた。

かつて、すべての省庁の報告を内閣情報調査室が吸い上げると発表したことがあった。そのときは、外務省を中心とする格式を重んずる省庁から、「なぜ情報調査室ごときに報告しなければならないのか」と猛反対を受けその計画を断念しなければならなかった。

現在では、すべての省庁の情報が集まるようになっている。そればかりではなく、情報調査室は、自衛隊陸幕調査部調査二課別室、公安調査庁、公安警察などと密な連絡を取り、事実上、これらの機関の音頭を取るほどの力を得ていた。

そして、内閣官房内に危機管理対策室が復活していた。

情報調査室と最も密接なつながりがあるのがこの危機管理対策室だった。

内閣情報調査室の室長は、石倉良一《いしくらりょういち》という名の外務官僚だ。

しかし、実権を握っているのは、次長の陣内平吉《じんないへいきち》だった。

危機管理対策室の室長は、下条泰彦《しもじょうやすひこ》といい、かつて内閣情報調査室の室長だった男だ。

陣内は下条の右腕として活躍した男だった。情報調査室の実権を広げたのは、この下条と陣内だといってよかった。

情報調査室と危機管理対策室の円滑な情報・指令のやりとりは、そのまま、下条と陣内の関係が反映しているのだった。

陣内は個室を嫌い、大部屋のなかに、自分の机を置いていた。

調査官および室員の動きが直接見わたせることも重要だったが、何より、にぎやかな場所のほうが、考えをまとめやすいという陣内の妙な性癖による理由が大きかった。

彼は、椅子《いす》に深くもたれ、片膝《かたひざ》を机にひっかけた姿勢で報告書を読んでいた。本来なら両足を組んで靴をはいたまま机の上に放り出したいところだが、アメリカとは違ってさすがにそれははばかられた。

彼は、いつも眠たげな半眼をしているように見える。その表情は何が起きても滅多に変わることはない。

陣内平吉は、読み終えた報告書を机の上に放り出すと、眠たげな表情のままつぶやいた。

「派手な入国をしてくれる……」

彼は身を起こし、コンピューターの端末に、今読んだ報告書に関係する資料を呼び出した。ディスプレイの文字列をスクロールさせて、すべてに目を通す。ほとんど頭に入っている事柄だからハードコピーを取る必要はない。

ディスプレイを見終わると、また背もたれに体を投げ出し、頭のうしろで手を組んだ。

机上の電話が鳴った。内線電話だった。陣内は受話器を取らずにスピーカーのスイッチを入れた。

「はい、陣内です」

「石倉だ。ちょっと部屋まで来てくれ」

石倉室長は陣内とは反対に、個室を好んだ。その個室に陣内を呼びつけるのは、ひとつのセレモニーとなっていた。

陣内は返事もせずに腰を上げた。彼は大部屋を悠然と横切り、室長の個室に向かった。

ドアをノックし、相手の許しを待たずに、さっと開ける。

下条室長時代からの陣内の習慣だった。

そして、石倉良一室長は、この習慣を明らかに快く思ってはいなかった。

「何でしょう?」

陣内はドアを閉めるが早いか、そう尋ねた。

石倉室長は、五十五歳だが、実際の年齢より老けて見えた。ストレスにさいなまれ、蒼《あお》い顔をしている。彼は外務省からの出向官吏だったが、ここへ来てから、みるみるやつれていった。

「またやられたそうだな……」

「はい。パトカーが五台、私服警官の重軽傷者合わせて十二人。相手は小型の爆発物を使ったということです。おそらく手榴弾です」

「今度、アメリカが送り込んできたのは何者なんだ?」

「ジョン・カミングス。ベトナム戦争時代のグリーンベレー少佐です。殺しのプロですが、一方で、現地人のゲリラ教育の専門家だと言われています。インドシナでは山岳民族を味方につけ、見事なゲリラ部隊に仕立てるのを得意としていたようです」

「水際作戦の失敗か……。これで何人のアメリカ側テロリストの潜入を許したことになるんだ？」

「三戦全敗――。三人のプロフェッショナルが日本で活動を始めようとしています」

「なぜ防げん？」

「米国大使館――もっと露骨に言えば、ＣＩＡの肝煎《きもい》りですから……」

「ＣＩＡとわが情報調査室は長い間協力関係にあったのではないのか？」

「そうですよ」

陣内はあきれた顔で言った。「しかし、現在、われわれが敵対しているのは、米国政府なのですからね」

2

秋山隆幸《あきやまたかゆき》は、歴史民族研究所の曇った窓に目をやった。

窓が曇っているのは、長年にわたって煙草のヤニや埃《ほこり》がこびりついているせいだった。

小さな部屋で、専従の研究員が三人いるが、誰もその窓をふこうと思ったことがない。

それは彼らがこの部屋にやって来るまえからの伝統かもしれなかった。

また、窓を磨いたとしても、そこから見える景色はひどいものだった。隣りのビルの壁が見えるだけなのだ。

歴史民族研究所というのは、文部省の外郭団体のひとつだが、目立った活動をしているわけではない。

秋山隆幸も、三つの大学で講義をしており、そのかたわら、ここでレポートを作成しているに過ぎない。

彼は三十歳を過ぎたばかりだが、着実に助教授の椅子に近づきつつあった。歴史民族研究所の仕事も、実は、大学の研究室の担当教授から押しつけられたのだった。

本当は、その教授のところへ来た話だったのだが、教授は一言「面倒くさい」と言い、秋山を代役にしてしまったのだった。

それで文部省からは何の文句も出ない。ずいぶんいいかげんな人選だと秋山は思っていた。

だいたい、何のための機関なのかもよくわからない。秋山はなるべく考えないようにしていた。

三人の専従のうち、秋山が最も若かった。あとのふたりは、秋山の父親といってもいいくらいの年齢だった。

その他にも、非常勤で年寄りの学者が何人か出入りしているのは、彼らに共通しているのは、一度は政府の諮問機関などで働いたことがあるということだった。

この歴史民族研究所というのは、体《てい》のいい老人ホームなのかもしれない、と秋山は考えていた。そして、その老人ホームに紛れ込んでしまった自分の立場も、そして、それを誰もとがめようとしない事実も、まったく妙なものだと彼は思っていた。

秋山はくせのない髪をかき上げた。ほぼ額の中央で左右に分けている。ボストン型の眼鏡をかけており、典型的な学究タイプに見える。机に向かっているときは特にその印象が強まった。

窓から薄日が差していた。

ほとんど奇跡に等しいのだが、ある時間帯で、向かいのビルの壁との隙間《すきま》に日が差し込むのだ。

秋山はその時間が一番好きだった。

彼は窓から時計へと眼を移した。午後三時十分。

机の上を手早く片付けて、外出の用意を始めた。

他のふたりは、まるで秋山の動きに気づかぬように読書を続けていた。

「それでは、お先に失礼します」

秋山はそう言って部屋を出た。ふたりの初老の学者は、別れの挨拶《あいさつ》をぶつぶつとつぶやいただけで顔を上げようともしなかった。

秋山はこの無関心を快いものと受けとめていた。他人のことを詮索《せんさく》しないのがいい。

ビルは文京区の小石川にあった。敷地面積の狭い雑居ビルで、一階が不動産屋になっている。

歴史民族研究所は四階のワンフロアを占めている。

ワンフロアといっても、二十平米ほどの部屋がふたつあるだけだ。片方の部屋は書庫になっている。

上下の階に、いったいどんな人間がいるのか秋山はほとんど知らなかった。

六階建てのビルでエレベーターが一基ついている。出入口の看板を見ると、他の階にはマーケティング関係の会社や旅行代理店、デザイン会社などが入っているようだった。

秋山はエレベーターで一階まで行き、ビルを出て地下鉄丸ノ内線後楽園駅まで歩いた。

御茶ノ水にある大学の研究室へ向かうのだ。五時からの講義がひとつあった。

彼は、ほっそりした体型をしているという印象を与える。色は白いほうで、たくましさは感じられない。

まるでネコ科の動物のように、足音を立てずに歩く。

それはしなやかで合理的な動きのせいなのだが、彼と親しい人間でもそのことには気づかない。

人々は、単に彼が神経質だからそういう歩きかたをするのだろうと思っている。

彼は大学の構内に来ると、故郷へ帰ったような安堵感《あんどかん》を覚えた。

学問の世界も派閥の世界で、したたかな処世術が必要だとよく言われる。どの教授につくかで一生が決まってしまうとさえ言われている。

秋山もそういった事情に無関心ではいられなかった。一匹狼を気取るのは恰好はいいが、そのうちに何もできない立場に追いやられる可能性がある。

学究の道を志した人間が、何の研究活動もできないというのは何よりも辛いことに違いなかった。

だが、結局は熱意と実力の問題だと秋山は考えていた。日本がだめなら海外へ行ってチャンスを見つければいい。

そして秋山は、研究室や図書館といった場所の雰囲気そのものが好きだった。その静けさは、人類が残した最も偉大な遺産に触れている神聖さの表れのような気がした。

彼は民族学を専攻していた。

特に日本の民族の変遷に最大の興味を持っていた。縄文、弥生時代、そして邪馬台国《やまたいこく》の時代の民族はどういう系統で、どう変化したのか——それを想像し始めると時間のたつのを忘れた。二十年前、つまり小学生のころから、彼はこのテーマに夢中だった。

しかしながら、一方ではこれはさまざまな圧力を受けやすい問題でもあった。日本人の出自——そういったことに過敏な人間はいつの世でも存在する。

秋山は研究室のドアをノックした。

若い女性の声で返事があった。秋山はドアを開けた。

研究室のテーブルに向かって、熱田澪《あつたみお》がすわっていた。

「こんにちは」

彼女はほほえんだ。

熱田澪のおかげで、この殺風景な研究室がいつも華やいだ雰囲気になっていた。

彼女は同じ研究室で民族学を学んでいる大学院生だ。

年齢は二十四歳。身長は一五五センチと最近の若い女性にしては小さいほうで、どちらかというと童顔なので年より若く見える。肩まである髪は、ポニーテイルにしていることが多い。前髪は、眉《まゆ》のあたりで切りそろえてある。

最近の大学生のほうがずっとおとなびた恰好をしている、と秋山はしばしば思った。彼女の顔の造りは全体に小さい。目も大きくはない。鼻も口も小さめだ。

だが、その眼がいつも輝いていてはつらつとした魅力を周囲にふりまいている。

「先生は？」

秋山は、担当教授である石坂陽一《いしざかよういち》の姿を目で追いながら尋ねた。

「用事があるとかおっしゃって、帰られたわ」

「そうか……」

秋山は、テーブルの上に、書物や資料が入った手さげ鞄《かばん》を乗せ、椅子にすわった。

澪とは九十度の位置だった。人間が最もリラックスして会話ができる角度だ。

「これから講義でしたよね？」

「そう……」

秋山は鞄のなかから、講義に使う書物を取り出しながら返辞をした。

ふと澪が自分を見つめているのに気づいた。

「どうしたんだ？　僕の顔を見ていたってレポートはできないだろう？」

「急ぎじゃないの……」

「だからって、人の顔を見ていることはないだろう」

「考えてたのよ」

「何を？」

「わが研究室のクラーク・ケントは、いったいいつ眼鏡を取るのかなって……」

「それ、僕のことかい？」

「そう」

「顔を洗うときは眼鏡を取るよ。寝るときも眼鏡はかけない」

「パジャマの胸に大きなSのマーク、ついてる？」

「いや……。いたって伝統的な縦縞《たてじま》の……」

「あたしが言いたいのは、あなたが、いつスーパーマンに変身してくれるかってことよ」

「またその話か……」

秋山は苦い顔でかぶりを振った。

「そういう言いかたはないでしょう？　これは、あたしの一生の研究テーマにも関《かか》わってくるんですからね」

「一生の研究テーマ……」

秋山は澪の顔を見た。「大きく出たな」

澪の表情は真剣そのものだった。

「そうよ。一生のテーマなの。あたしの先祖に関わることですからね……」

「先祖って……。君の家に代々伝わる言い伝えに過ぎないのだろう？」

澪はいたずらっ子のような笑顔を見せた。

「一本取った」

「え……？」

「言い伝えや伝説がおろそかにできないことは、歴史を学ぶ者にとっては常識でしょう」

「そうか……。君の言うとおりだ」

「そして、あなたの家にも代々似たような話が伝わっていた……。そして、言い伝えだけではなく、あなたの家には古武道が伝わっていたわけよね。あなたは、その古武道を身につけている。確か免許皆伝だったわよね」

「後を継ぐ者がいなくなったんだ。親父《おやじ》があわてて、僕に奥伝をさずけ、免許皆伝に仕立てたんだ。たいしたことはない」

「本当?」

「本当さ」

「ためしてみるわよ」

「どうやって……」

「そうね……たとえば、あなたといっしょにいるときに、あたしがヤクザに喧嘩《けんか》を売る、とか……」

「やってみるといい」

秋山は立ち上がった。「僕は君を置いて逃げ出すよ、きっと」

秋山は書類をかかえ、澪が何か言い返すまえに、さっと部屋を出た。

(こんなことなら話さなきゃよかったな……)

秋山は廊下を歩きながら考えていた。

どこの家にも——あるいは、その家の本家筋の村には必ず、言い伝えが残っていたものだ。

明治以来、都市集中型の経済体制となって、人の行き来が激しくなり、そうした伝説の多くは忘れ去られ失われた。

家柄を重んじる人々や、旧家を継ぐ人々が、例外的に今でも、その家に代々伝わる伝説のようなものを大切にしていることがある。

秋山の家にも、熱田澪の家にもそうした言い伝えが残っていた。

ある酒の席でその話題が出て、ふたりは夢中でしゃべり合った。

（酒がいけなかったのか……）

秋山は後悔をしていた。

秋山が、家の言い伝えを隠しておきたいのには理由があった。

熱田澪は知っていたが、その伝説には、「犬神筋」の話がからんでくるのだ。

犬神筋は、ある地方では畏《おそ》れられ、またたいていの土地では忌み嫌われているのだ。

澪が他の人間にしゃべらずにいてくれるのだけが救いだった。

秋山は教室のドアを開けた。

四月にはいっぱいだった学生が、今はまばらだ。

六月が終わろうとしている。

秋山は久し振りに出席を取ってやろうと思った。

ジョン・カミングスは、新宿ヒルトン・ホテルにチェック・インしていた。

あのとき、千葉駅でJR総武線に乗った彼は、確かに青い眼に砂色の髪をしたたくましい男だった。

しかし、チェック・インに現れたのは白髪で、茶色の眼をした男だった。背を丸め、人生に疲れ切ったような老人に見える。

パスポートの写真も確かにその老人だった。

彼はどこかの駅のトイレで変装をしたのだった。

銀粉を混ぜたグリースを頭髪に塗り、色つきのコンタクトレンズを入れる。

しわを目立たせるようなメイクを近目でもわからぬほど薄くほどこす。

そこまでは誰にでもできる。

カミングスは、膝を曲げ、両肩を前に出し、背を丸めた。それだけで、おそろしく印象が変わった。常に苦痛に耐えるような表情も忘れなかった。

彼は、たちまち二十歳以上年を取ってしまったのだった。

アメリカ大使館にホテルを予約してもらったのだが、そのときの名義はホルスト・マイヤーだった。

つまり、千葉市から新宿に来る間に、ジョン・カミングスは消え失せ、どこにもいなかったホルスト・マイヤーが突然現れたことになる。

ホルスト・マイヤー老人は、ヒルトン・ホテルに滞在して二日目だった。

二日間で、彼はすっかりホテルマンたちに好印象を与えてしまっていた。ホルスト・マイヤー老人は、気むずかしい顔をしているが、それは持病の神経痛のせいで、実はユーモアにあふれた好人物だ――ホテルの従業員は誰もがそう思っていた。

ホテルの一階のラウンジで、ホルスト・マイヤーは客を待っていた。

客は夕刻の六時にやってくるはずだった。

時間ちょうどに相手は現れた。背の高い白人で、金髪に灰色がかった青い眼をしている。だが、ホルスト・マイヤーは、彼の本当の髪の色は赤っぽい茶色であることを知っていた。

ホルスト・マイヤーは痛そうに腰をおさえながら立ち上がり、彼と握手を交した。どこのホテルのラウンジでも見られる光景だ。

客の名は、マーヴィン・スコットといった。彼は一番最初にＣＩＡによって日本に送り込まれた情報戦のプロフェッショナルだった。

彼も偽名を使っていた。

スティーヴ・フェローという名のパスポートを携帯していたし、その名の名刺もたくさん持っている。

肩書きは宝石メーカーの代理店マネージャーだった。

ふたりは、低いソファに腰を降ろし、商談を始めるようなそぶりをした。

お互いに親しげな笑みを浮かべ、米語で早口に、しかも曖昧《あいまい》な表現を多用して会話をした。声は低くおさえた。

ふたりの姿からは、その会話の内容はまったく想像できなかった。

ホルスト・マイヤーのなかから、ジョン・カミングスが現れ、話している。

カミングスは言った。

「尾行はされなかっただろうね？」

「誰にものを言っている？」

「念のために訊《き》いたまでだ」

「日本の公安警察は、まだ戸惑っているのだ。つまり、盟友であるアメリカの人間をマークすることをね。日本人は、アメリカ合衆国がいまだに世界で最大の友人であると信じているんだ。おめでたい連中だ」

「だが本気で戦おうという人間がいることは事実だ。現に、俺は入国の際に日本の官憲に尾行された」

「知ってるよ。君は五台のパトカーをたった一個の手榴弾で始末したそうだな。手品のようだ。あざやかなやり口だ」

「あそこで大事故を起こした車がパトカーだなんて、報道されなかったはずだ」

「そう。報道はされない。マスコミは、日米関係が、戦後からまったく変わっていないことを国民に信じさせるために利用されている。だから、そこのところが、日本側の弱味となっている。表立って動けないわけだ。日本政府は、できれば警察すら動かしたくないはずだ。警察の周囲には常にマスコミの眼がある」

「諜報機関は？」

「一番の曲者《くせもの》は危機管理対策室だ。この機関は内閣総理大臣直属だ。内閣情報調査室とも密接なパイプラインがある」

「そのふたつについては本国にいるときに説明を受けている」

「実働部隊は公安警察だ。公安には二種類ある。まず警察庁や警視庁の公安部、そして法務省管轄の公安調査庁だ」

「優秀なのか？」

カミングスが尋ねると、マーヴィン・スコットの作り笑いが、本物の意味ありげな笑いに変わった。

「優秀だよ。自国の国民を監視したり締め上げたりする面ではね……。そして、反共の砦《とりで》でもある。警察の公安では、いまだに、日本共産党を担当するセクションがある。共産党の幹部の自宅に盗聴器をしかけたりしているんだ。中国、ソ連、北朝鮮に対する警戒も強い。さかんな外交の陰で、公安が眼を光らせているというわけだ」

「しかし、西側の国に対してはチェックが甘い？」

「そのとおり。まだ公安関係者のなかでも、日米が本気で戦いを始めたことを知らされている者は少ない。そして、日本には事実上、国内での諜報活動を禁ずる法律がない」

「おおざっぱなことはわかった。ところで、これから俺はどこへ行けばいいんだ？　俺としてはこのホテル住まいも悪くはないと思っているのだが……」

「もうひとりの仲間が、セーフハウスを用意してくれている。これから行ってみようと思うが、どうだ？」

「かまわんよ。だが、やはり、あんたは諜報畑の人間だな……」

「何のことだ？」

「セーフハウスとあんたは言った。俺たちは単にアジトと言うんだ」

スコットはうなずいて、作り笑いを浮かべた。

カミングスがスコットの取り出した紙クズにサインをする。商談成立の演技だ。

ふたりは立ち上がり、ラウンジを出た。

3

ホルスト・マイヤー老人――つまり、ジョン・カミングスとスティーヴ・フェローになりすましているマーヴィン・スコットは、ヒルトン・ホテルの玄関からタクシーを拾い、代官山へ向かった。

新宿はひどく車が混んでいた。山手通りに入っても車両の混雑はそれほど変わらない。

カミングスは米語でスコットに言った。

「こんな狭い町に、何で車でやって来るんだ？　中国へ行ったときは自転車の行列にたまげたが、あのほうがずっと合理的だ。排気ガスは出ない、ガソリンは食わない。おまけに体力がつく」

「日本人は根っから愚かなのだよ。自国では石油を生産できないくせに消費することに関しては、わがアメリカ合衆国、ソ連に次いで第三位だ。

彼らはアメリカの良き時代のライフスタイルを真似ることに必死なのだ。この、街にあふれんばかりの車は、その象徴だ」

「愚かさの象徴か……」

カミングスは、片方の頬をゆがめて笑った。「ならば、日本人は人類の象徴かもしれん」

「そういうことは思っても言わぬことだ」

「どうしてだ？　アメリカは自由の国ではなかったのか？」

「そう……。そして、正義を最も尊ぶ国だ。それを忘れてはいけない」

カミングスは、それきり何も言わなかった。スコットも黙っていた。

タクシーから降りたカミングスは言った。

「静かな街だ……」

「その点は認める。今のところ、平和な街並みだ……」

スコットが先に立って歩き始めた。

彼は細い路地を進み、外国人専用のアパートメントのまえに立った。

「日本人は、こういう建物のことをおおげさにもマンションと呼ぶ」

スコットが肩をすぼめた。「われわれアメリカ人に言わせれば、ただのルームに過ぎない」

彼は建物のなかに入り、エレベーター・ホールへ進んだ。カミングスは、道順を頭に焼きつけていた。

タクシーの窓から見た風景も忘れてはならない。

地図と実際の土地は、たいていの場合、別のものと考えたほうがいい。それが戦場のときはなおさらだ。

スコットは三階でエレベーターを降りた。カミングスは、階段の位置を確かめた。

エレベーターの隣りにひとつ、そして、廊下のつきあたりにあるドアの外に、非常階段がひとつあった。

　スコットは、何も言わずにその様子を眺めていた。

「よろしいかな？」

　彼は上流階級の召使いのように気取った口調で言い、三〇七号室のインターホンのボタンを押した。

　部屋のなかでチャイムが鳴る音がしたが、返事はなかった。

　スコットは、鍵を取り出した。

「出かけているのかもしれない」

　鍵を差し込んで解錠した。チェーンはかかっていない。

　スコットが部屋に入った。

「さあ、入って……。ここが君の……」

　彼がそこまで言って、言葉を呑《の》み込んだ。ドアの陰に人がいた。

　スコットはアイビー・リーグ出身の仮面を脱ぎ捨てた。床に身を投げ出したと同時に、リボルバーを取り出した。三五七口径のコルトだ。

　カミングスの行動はさらに過激だった。

部屋に足を踏み入れたとたんに、ドアを蹴《け》りやり、なかの人間の攻撃を封じた。

さらに、ドア・ノブを強く引いてその陰にひそんでいた人間のボディに強烈なフックを見舞った。

だがそのフックは、影のなかを通り過ぎるように空を切った。

明かりが点《とも》った。上品な、白熱灯の間接照明だった。

カミングスが放ったパンチの数センチ先の位置に中肉中背の男が立っていた。

茶色の髪に茶色の眼。口は真一文字に結ばれている。顎《あご》は頑固なケルト人の特徴を持っているようだった。

茶色の眼には、あたたかさのかけらもなかった。

明かりを点《つ》けたのは、その茶色い眼をした白人だった。彼は、ふたりを交互に見すえながら言った。

「過剰反応だぞ、ふたりとも……」

スコットは、かぶりを振った。起き上がって銃をヒップホルスターにしまう。

「過剰反応？　ばか言うな、シド。おまえさんもいたずらが過ぎる」

「警戒をしていただけだ。簡単にインターホンに応ずるわけにはいかない。黙っていたら、鍵を差し込む音がした。誰だって警戒するだろう」

「オーケイ、わかったよ、シド。紹介しよう、ジョン・カミングスだ。日本国内では、ホルスト・マイヤーを名乗っている。カミングス、彼はシド・フォスター。暗殺、爆破、煽《せん》動《どう》、密輸……、何でもやってのける」

「名前は聞いている」

「俺もジョン・カミングスの名は知っている。だが、こんな老いぼれだとは知らなかった」

「これはホルスト・マイヤーの姿だ」

「それを聞いて安心した。じいさんのパンチが俺の腎臓をかすめたとなれば、仕事を考え直さねばならないところだった」

「俺も安心した。シド・フォスターに、俺のパンチはかするのだ」

「くだらん話はそれくらいにしろ」

スコットが言った。「カミングス。ここが君のセーフハウスだ。電話番号と住所を書いた紙切れが、寝室の電話の下にはさんである」

カミングスは、リビングルームを見回した。必要な家具はそろっていた。

寝室には、セミダブルのベッドもある。リビングルームの一部が台所になっていた。あとはトイレとバスルームがあるだけだった。

スコットは言った。

「まあ、大学の寮程度には住み心地はいいだろう」

「そうかもしれない」

カミングスは、家具のうしろや、電灯のシェードの上、電話機のなか、ソファの下などを調べ始めた。

盗聴器を探しているのだった。

「犬みたいな男だな」

シド・フォスターが言った。「一度、全部を嗅《か》ぎ回らないことには安心できないんだ」

「あんただって似たようなもんだろう」

スコットが言った。「ここへ初めて来たときは、まったく同じことをしたくせに……」

カミングスが満足してふたりのもとに戻ってきた。

「犬のようだって?」

彼は言った。「そうじゃない。犬そのものなのさ。俺たちは政府に飼われている犬だ。

特に、あんたはそうだ、スコット」

「私がＣＩＡと関係が深いから？　いや、そういう問題は関係ないね。私たちは三人とも金をもらって必要なことをやるだけだ」

「連絡を取るときはどうすればいい？」

「普通に電話をかければいい。私は麻布というところにあるアパートメントに部屋を借りている。フォスターは三軒茶屋という町にある月極《ぎ》めのホテルに滞在している。これがふたりの電話番号と住所だ」

　スコットはポケットから紙を取り出して渡した。

「シド・フォスター。あんたの偽名は？」

「必要ない。俺はこれまでに犯罪者になったことはない」

　カミングスはどう反応していいかわからなかった。

　スコットが説明した。

「つまり、彼はどの国でも一度も起訴に持ち込まれるだけの証拠を残さなかったということだ。彼は公式に犯罪者ではないのだよ」

「その幸運はいつまで続くかな？」

「死ぬまで続くさ」

シド・フォスターが言った。「ただし、いつ死ぬかが問題だがな」

陣内は、危機管理対策室の下条泰彦室長に呼ばれ、首相官邸までやってきた。

首相官邸は総理府ビルのすぐ裏にあるので、のんびり歩いても三分あれば着いてしまう。

だが陣内は、いつも駆け足でやってくるのだった。

通用門から入り、表玄関を通った陣内平吉は正面の階段を駆け登った。階段のすぐ上にはＳＰがふたり立っている。

ＳＰは陣内に敬礼をした。

中央階段を上がると、そのすぐ左手に見えるのが首相の執務室だ。報道関係者がそのドアのまえにたむろしていた。

ベテランの記者は廊下にある暖房器に腰かける権利を持っているが、たいていの記者は長時間立ちっぱなしだった。

危機管理対策室は、官房長官室の左隣りに設置されていた。

官房長官室は、首相執務室の前を通り、廊下を左に曲がった最初の部屋だ。その廊下の角の向かい側には首相秘書官室がある。

危機管理対策室は小さな部屋だが、下条はそれで充分だと考えていた。

情報調査室のスタッフが約百人と大所帯なのに対し、危機管理対策室は、わずか十二名で運営されていた。

部屋のなかはいたってすっきりとしていた。邪魔な書類棚や本箱などがない。

その代わり、各室員の机の上には多機能電話とコンピューターの端末が置かれていた。

室長の席は、衝立《ついたて》で仕切られた即席の小部屋のなかにあった。たいへん狭いスペースだった。

陣内は、危機管理対策室内を横切り、室長がいる小部屋のドアをノックした。

返事があるまえにドアを開けてなかに入る。

「お呼びですか？」

陣内はそう言ってからドアを閉めた。

下条泰彦は顔を上げず、熱心にプリントアウトを読みふけっていた。

「ああ……」

彼はこたえた。陣内は机の正面に立ったまま下条の言葉を待った。

下条は、おそらく内閣情報調査室の石倉良一室長よりも激しい実務と精神的重圧に耐えているはずだった。

だが、彼はまったくそれを表に現さなかった。下条は有能な弁護士のような印象を与える。

細身にスリーピースの背広がよく似合っている。

ようやく下条が顔を上げた。銀縁の眼鏡の奥にある眼はいきいきと輝いている。

下条は、見せかけだけではなく、本当に元気なのだと陣内は確信した。

陣内は思った――石倉良一とは器が違うのだ、と。

「マーヴィン・スコット。シド・フォスター、ジョン・カミングス……」

下条は言った。「三戦全敗だ。われわれは三人の非合法活動専門家を入国させてしまったわけだ。しかも、入国したあとの足取りがつかめていない」

「おっしゃるとおりの状況です」

陣内はあいかわらずの眠たげな半眼で平然とこたえた。

「わが国のカウンター・インテリジェンスが、これほどまでにお粗末とは……」

「そうとは言い切れませんよ。防ぐより、攻めるほうが簡単な場合が多いのですからね……。同じように、日本からアメリカに誰かを送り込もうと思えば、やれないことはありませんよ」

「そんなことをすれば、それこそ泥仕合だ。どっちの国が相手の国で多く殺すかの競争になる。私たちはそういった事態を避けるために働いているんだ」

「侵入を許したのと、国内で好き勝手に活動させるのとは訳が違います」

「テロは防げるというのかね？」

「防がなければなりません」

下条は陣内の顔を見た。彼は何年付き合っても、陣内の表情を読むことはできなかった。

「やつらの狙いは何だと思う？」

「東京の事実上の機能麻痺《まひ》でしょう」

「具体的には？」

「東京を世界一物騒な町にしてしまうことです。まず、都心部の夜間人口と昼間人口の差に眼をつけ、スラム街を作ろうとするでしょう。

さらに、日本人労働者の就労率の急激な低下を狙うはずです。

そして、ニューヨークに見られるホームレスピープルを増加させます。

そうした上で、政治的煽動、麻薬の蔓延《まんえん》、銃刀類の不法流入などを利用して、サボタージュや暴動を起こさせます」

「アメリカのジャパノロジストはすでに知っているはずだ。日本人は、世界で最も暴動を起こしにくい国民だということを……。東京がこれだけ安全で秩序が保たれているのもその民族性によるという報告がある」

「しかし、東京は確実に敵の思う方向に向かって走りつつありますよ。アメリカのテロリストたちは、アジアから不法入国した人々を最大限に利用しようとするでしょう。日本人は確かにスラムを作らない傾向がありますが、他国から入ってきた人々にとっては事情が別です。彼らにとって東京は確実に異国の地なのです。

しかも、最近では、低賃金の危険な職業や、汚物を扱うような職業、単純労働などは、東南アジア系労働者で占められています」

「ほかには？」

「昼間、東京都心はもちろん、かなりの周辺部まで自動車の交通が麻痺してしまいます。違法駐車がそれに拍車をかけているわけですが、警視庁の調べによりますと、都内二十三区で、すべての駐車設備をいっぱいにしても、さらに十五万台の車が放置されることになるそうです。つまり、東京の車両交通量はすでに許容量をはるかにオーバーしているのです。

この交通の麻痺状態は、非常時の緊急自動車の運行を妨げ、交通事故などの二次災害を引き起こします。

端的な話、何か所かで爆弾テロが起こっただけで、昼間の東京はパニックに陥る可能性がありますね」

「だが、そのパニックは一時的なもので済むはずだ」

「それは起爆剤に過ぎないでしょう。夜の都心部は、もっと物騒なことがじわじわと進行していくことになります。

とにかく土地の狂乱的な高騰で、一般の人間は都心はおろか、都内にもなかなか住めない状況になってきています。

都心のマンションを買えるのは、かなり特殊な職種の人間に限られつつあります。そのなかには暴力団も含まれます。一般人が住めないところに彼らは居を構え、事務所を開きます。

そこへ麻薬、不法入国者の売春、銃刀類の武器といったものをどんどん流し込んだらどうなるか……。抗争の激化は火を見るより明らかですね」

「つまり、アメリカは、日本の土地行政や労働政策、交通網対策の失敗を利用するというわけだな……」

「失敗という言いかたは正確ではありませんね……。現在の与党は、むしろ、故意に何もやらなかったのです。

はっきり言うと、不動産関係者、自動車会社、一部暴力団は与党議員の最もありがたいスポンサーでもあるわけですからね」

下条はかぶりを振った。

「この官邸のなかでそういった発言をする男はおまえだけだ」

「現状から眼をそらさないでいただきたい——そう考えているだけです。わが国の腐敗した部分——そこがやつらの狙いなのです。その腐敗を急速に拡大させることこそが、アメリカ合衆国の計画なのですから……」

「では、特定の要人暗殺テロなどではないと……」

「送り込まれたメンバーから見て、それは考えられませんね。第一、今の日本政府は、誰が殺されようと、壊滅的な打撃を受けることはありませんよ」

「まあ、そうだ……。日本を支えているのは優秀な多くの官僚たちだ……。それで、私たちはどういう手を打つべきだと考えている？」

「ありとあらゆる手、です。打てるだけのすべての手を打つのです」

「ありとあらゆる手か……」

「そうです。これは言葉のあやではありません。実際にそうしなければならないのです。高い次元から低い次元までのすべての力と知恵を総動員しなければ、日本はたいへん大きな打撃を受けることになるでしょう」

下条は考え考え言った。

「しかし、あくまでも極秘行動でなければならない。日本とアメリカが戦っていることなど絶対に世間に知られるわけにはいかん。

国際情勢は大きく日本に不利に動くだろう。円相場は劇的に下落し、日本の経済界がまず打撃をくらう。

軍事バランスが崩れ、周辺国が一気にさまざまな無理難題を吹きかけてくるだろう。

国内の動乱は言うに及ばん……」

「わかっております。その点も相手の狙いのひとつでしょう。先手を打ったほうが国際世論のなかで孤立するのが常ですが、今回ばかりはどう見ても日本の分が悪い。アメリカから来たテロリストたちは、あくまでも、過激な犯罪組織に雇われた形になっているはずです。有効な抜け道です。第一、敵は一流のプロフェッショナルです。自分たちが動いた証拠をおいそれと残すとは思えません。

外から見ると、東京が腐敗の極に達し、後手に回った政府が失策を犯したようにしか見えないでしょう。

そうなると、また、国際的には室長が言われたことと同じ現象が起こります。つまり、経済的な打撃と政治的窮地、というわけです」

「黙っていても、戦っても結果は同じ――八方ふさがりのように聞こえるが？」

「いいえ。だからこそ、申し上げているのです。可能な限りの――つまり、極秘のうちに打てる限りの手を打たねばならない、と……。でないと……」

「……でないと？」

「日本が滅び去る可能性すらあるのです」

4

屋部長篤《やべちょうとく》は、おそろしく時代がかった風体をしていた。

伸ばし放題の髪がうるさいため、うしろでひとつに束ねてしばってある。鬚《ひげ》も数年来、そったことがないように見える。色黒は生まれつきだ。

灰色に色落ちしてしまった黒の空手道衣《どうぎ》を着て帯を締めているが、その帯の色がまったくわからない。

黒だったものがすりきれて白くなり、それがまた汚れてしまったもののようだ。垢染《あかじ》みた色をしている。

六月だというのに、その上からマントを羽織っている。足もとを見ると下駄をはいている。

屋部長篤は沖縄出身の空手家だった。

正確に言うと空手家ではなく武術家ということになる。

沖縄では現在でも、空手と並行して、ヌンチャク、釵《サイ》、トンファ、鎌などの武器を使う古武術を習練するが、屋部長篤もこれらの武器に通じていた。

武器術の基本となるのは六尺棒だ。中国では棍《コン》と呼ばれる。

屋部長篤は、その六尺棒を肩にかつぎ、その先に風呂敷包みをくくりつけて道を歩いていた。

彼は、幼ないころは、ひ弱な少年だった。

体も小さいほうで、運動が得意でなかったので、よく、近所の悪童たちにいじめられた。

屋部少年は、よく父親に、ブサーの話を聞かされた。ブサーというのは、武士と書くがさむらいのことではない。

沖縄で武士というのは、空手の達人のことをいう。

コンクリートのように固いフクギの木の皮を素手で剝《は》ぎ取ったといわれる拳豪平良小《けんごうたいらぐゎー》。

大男三人で押してもびくともしなかったといわれる加那ヤッチー。五間ほどもある溝を飛び越え、衆人をあっといわせた伊佐保貞《いさやすさだ》。

そして、本部《もとぶ》ザールー、船越義珍《ふなこしぎちん》、糸洲安恒《いとすあんこう》、喜屋武朝徳《きゃんちょうとく》といった、近代空手の流派の祖となった人々の伝説。

だが、長篤少年は、そういうブサーたちは自分とは無関係と考えていた。

ところがある日、大きな転機がやってきた。

その日も、長篤は体の大きな悪童たちに囲まれていた。小突かれ、足を払われ、長篤は海岸の浜の上に倒れた。海にもぐって獲《と》ってきた魚や貝が、砂の上に散らばった。親に喜んでもらおうと、うきうきしながら持ち帰る途中だった。

長篤少年は、いじめられることに疲れてきていた。どうせ殴られるなら、一矢報いたい。彼はそう思って、砂を握った。起き上がるなり、一番体の大きな相手に砂を投げつけた。相手は驚いて、顔をふせいだ。長篤はすかさず、見よう見まねの正拳突きを、相手の腹に見舞った。相手はうずくまり、泣き出した。

そのあと、誰を何発殴ったかは覚えていない。悪童たちは退散していた。今まで負け犬でしかなかった長篤が初めて喧嘩に勝ったのだ。

戦いの勝利の味は何にも代え難い。長篤はそのとき、それまでなかったほどの興奮に酔った。

翌日から長篤は空手の道場に通い始めた。

彼は、あの勝利の味だけを求めて稽古《けいこ》にはげんだ。もう二度と負けるのはいやだと心に固く誓っていた。今度負けるときは死ぬときだ——十歳にして、彼はそこまで考えていたのだった。

家の玄関の脇に巻《ま》き藁《わら》を立て、出かけるまえと帰りに必ず百本ずつ叩いた。重心を落とし、バランス感覚を養うため、巻き藁の周囲は常に水がまかれてぬかるんでいた。そこで裸足《はだし》で立ち、拳を鍛えるのだ。

道場での稽古もすさまじかった。彼は人の三倍もの練習量をこなした。

ひ弱だった幼ないころの面影はたちまち姿を消した。一度の勝利が彼の人生を変えた。

家に帰れば、また、ひとりで拳と突きを練った。

彼は多くの技を一度に覚えようとはしなかった。その代わりに、徹底的に突きの一撃を鍛えた。空手の突きに対する思い入れは、信仰に外ならないと言う格闘技家がいる。一撃必殺などあり得ないというのだ。

敵は常に動いているのであるから、瓦や板を割ったり、巻き藁を叩いたりする訓練はナンセンスだというわけだ。

だが、そう主張する人々は決まって、本当に鍛え抜いた沖縄ブサーの拳（テイジクン）を知らない。

接近戦から繰り出されるブサーのテイジクンは、まさに一撃必殺といえる。

中学に入るころから、屋部長篤の名は、沖縄中で有名になっていた。出場する試合で必ず優勝してしまうのだ。

屋部の戦いかたには特徴があった。

相手がどんなに迫って来ようが動かないのだ。そして、相手が技を出そうとするその瞬間、鍛えに鍛えた突きを出すのだ。それだけだった。

屋部は、ほとんど動くことなく、たったの一撃で相手を負かしていった。

だが、長篤はその時代から不満を持ち始めていた。試合にはルールがある。本気で相手を打つことはできない。自分の拳の威力が、どれほどのものか知りたくてたまらなかったのだ。

その気を紛らわすために、棒術やサイ、トンファ、ヌンチャク、鎌などの武器術に熱中したりもした。

空手で磨いた武道のセンスのおかげで、長篤は、あっという間に武器術を体得してしまった。

自分の力を試したいという欲求は高まるばかりだった。

ある日、那覇へ出かけ、大きめの道場を見つけて、単身乗り込んだ。

「見学させてもらいたい」

とまず申し出て道場に入る。そして、嘲笑《ちょうしょう》を続けるのだ。道場の者は気づいて、怒りをあらわにする。

そこで、屋部は、立ち回りを始めた。あっという間に五人の黒帯に囲まれた。

特別なことをする気はなかった。相手が来ると思う瞬間に、突きを出すだけだ。相手が突いてこようと蹴《け》ってこようとかまわない。

突いてきた三人はことごとくうずくまり、蹴りを出したふたりは、もんどり打って転がった。

あっという間の出来事だった。

村に帰ると、道場の師範はすでにその知らせを受けていた。

長篤は呼びつけられた。悪くすれば破門かと思いながら、長篤は師範の家に呼ばれた。

叱られるとばかり思っていた。

だが、師範は、機会があったら宮古島へ渡り、ある武術を学べと言った。

そして、自分の腕を試したいのなら、狭い沖縄でなく、本土へ渡れと長篤に言った。だが、それは、命がけの生きかたになるぞ、と。

師範は、『宮本武蔵』全巻を屋部に渡した。

それが、長篤が中学生最後の夏のことだった。

彼は、二十歳のときに、沖縄を出て本土に渡った。すでに、自分の一生を武術に捧《ささ》げることを誓っていたのだった。

修行を積めば積むほど、彼は武術に魅せられていったのだ。屋部長篤は自分が武術を極めるために生まれてきたのだと信じるようになっていた。

沖縄を出てから十一年が過ぎていた。

彼は日本全国を放浪して、道場を見つけては試合をし、山に入っては鍛錬を重ね、街に出ては、無頼漢やヤクザ者を相手に実戦を重ねてきた。

身長は一七〇センチ前後、体重は七五キロと決して大柄のほうではない。

だが、本土に渡ってからの彼は負け知らずだった。

特に街中の喧嘩となると、相手が十人ほどでも平気で戦った。

今、彼は、池袋の市街地を歩いている。歩道に通行人は多い。皆、彼を避けて通る。ただのホームレスでないことを肌で感じ取るのかもしれない。

確かに彼の眼は静かに澄み切っていた。

ぎらぎらと闘争心をむき出しにした眼ではない。多くの戦いを経て徐々に変化してきたのだった。

二十歳のころには、まさに肉食獣の眼をしていた。

今は深い光をたたえて、常に遠くを眺めているように見える。

池袋駅前の交番を通り過ぎようとしたとき、巡査が屋部を呼びとめた。

「おい、おまえ……」

相手は若い警察官だった。

屋部は歩き過ぎようとした。官憲に「おまえ」呼ばわりされるいわれはないと彼は考えていた。

「こら、おまえだよ」

警官は早足でやってきて、屋部のマントをつかんだ。

屋部は初めて立ち止まり、ゆっくりと振り返った。無言で警官を見つめた。警官は、一瞬、屋部の眼力にたじろいだが、虚勢を張って言った。

「ちょっと、交番まで来い」

「なぜだ?」

「その棒だ。凶器《きょうき》準備集合罪という法律を知っているか？」

「知らんな」

「刑法二〇八条の二だ」

「凶器というのは犯罪行為に使われるもののことだろう。ならばこれは凶器ではない」

「決まりは決まりなんだよ。そういうものをむき出しで持ち歩いちゃいけないんだ。警察ではそう指導している」

「この棒は武術の習練に使うのだ」

「いいから、ちょっと来い」

警察は威嚇《いかく》のために警棒を抜き、右手に持った。

屋部長篤の皮膚が反応した。

一流の武芸者は、危険を理性で判断するのではない。肌で感じ取るのだ。

彼は無意識のうちに肩から棒を降ろし、風呂敷包みを取り去った。その包みを、そっと歩道に降ろす。

その間も、じっと相手の眼を見つめている。

「な、なんだ、こら。抵抗するのか？」

警官は言った。

「武器を出したのはそちらが先だ。そちらが引くまで、こっちは引けない」

「この野郎……」

警官が本性を出した。「公務執行妨害だぞ」

「くだらん……」

屋部はつぶやくように言った。「世のなかではおまえたちを、権力の犬と呼ぶが、本当の犬というのは、もっと誇り高いものだ」

交番から、もうひとりの警官が駆けつけた。

「どうした？」

「木の棒を裸のまま持ち歩いていたので注意したら抵抗しました」

「ほう……」

もうひとりの警官は面白そうに屋部を見た。

周囲には、遠巻きに野次馬が人垣を作り始めている。

後からきた警官も警棒を抜いた。

こうした場合、一般市民の味方につく警官はいない。たとえ、同僚が正しくなくても、かばい合うのが警察の体質だ。
彼は言った。
「六尺棒か……。こっちは剣道四段だぞ……」
屋部は、棒を三等分に持ち、中段に構えた。切先は相手の眼の高さにある。
ふたりの警官は右手に警棒を持ち、半身になって構えている。
気合いを発して、後からやってきたほうの警官が打ちかかった。
鋭い打ち込みだ。しかし、相手は六尺棒だ。無謀と言うしかない。
彼には、まさか相手が警官に手出しするはずはないというおごりがあった。
勝負は一瞬にして決まった。
屋部長篤は迷わずほぼ同時に打ち込んでいた。
警棒を持つ右手に、六尺棒の先が叩き込まれた。手首の骨が砕けていた。
さらに屋部はそのまま棒をしごき出した。棒術では「貫《ぬ》く」という。
棒の先端が、突っ込んでくる警官の胸の中央を突いた。中丹田——膻中《だんちゅう》の急所だ。
警官は悲鳴を上げる間もなく倒れて気を失った。
屋部は最初に因縁をつけてきた若い警官のほうを向いた。

警官は、拳銃ホルスターの上蓋《うわぶた》をはずそうとしていた。

屋部はほとんど無意識に飛び込んでいった。相手がリボルバーを出す。

屋部は相手のまえで、さっとしゃがみ込んだ。

左の膝を折り、右足を脇のほうへ流す形になる。そのかがむ勢いを利用して棒を相手の膝に打ち込んだ。

若い警官は訳のわからない悲鳴を上げた。屋部はかがんだ姿勢のまま、棒の先端を振り上げた。

棒が股間《こかん》の急所を打った。

警官が、「ぐう」というくぐもった悲鳴を発し、体を前に折る。顎を突き出している。

屋部は、地面に背をつけて転がった。その状態から左右の足を交互に振り上げ、相手の顎を両側から打った。

警官はがくりと膝をついて、そのまま眠った。

屋部長篤は、片膝をついて起き上がり、ふたりの警官を見つめていた。

やがて、立ち上がり、荷に棒を通してかつぐと、何ごともなかったように歩き出した。

野次馬がさっと道をあけた。

「無茶をやりやがる……」

そういった意味のことをつぶやいた男がいた。日本語ではない。中国のしかも南の地方の方言だった。

野次馬はやがて散っていったが、その男はその場に立ち尽くした。

彼は、倒れている警官に近づき、最初にやられたほうの上半身を起こした。その背骨を上から順にさわっていく。

やがて、胸椎《きょうつい》のあるところでぴたりと手が止まった。

男は、左手をその胸椎にあてがったまま、その上から右手の拳で強打した。衝撃が体の奥まで伝わる。

警官は意識を取り戻した。活法のひとつだった。

男は、もうひとりの警官に近づき、今度は頸椎《けいつい》のあたりをさわって、音を立てた。それから同様に胸椎のある場所を刺激して、意識を回復させた。

警官はふたりとも病院送りのけがだった。ひとりは手首を骨折しているし、もうひとりは膝蓋骨《しつがいこつ》をやられている。おそらくひびが入っているだろう。

たった一撃で骨が折れる――六尺棒とはそれくらいにおそろしい得物だ。

そして、その棒を使う屋部の技は、あまりにあざやかだった。

男は警官に言った。

「動かないほうがいい。今、救急車を呼びます」

日本語だった。大陸系の訛《なまり》はなかった。

手首をやられたほうは、激痛のため、脳貧血を起こしかけている。

膝をやられた若い警官が言った。

「何だ、おまえは……」

度を失っている。誰も彼もが敵に見える状態だ。

男は言った。

「整体術の心得があるので、様子を見てさしあげようと思っただけです。そういう態度を取られるなら、私はこのまま消えます」

「ああ、そうしろ。くそっ」

警官は肩章で止めてあったトランシーバーのマイクに何ごとかしゃべり始めた。

男はその場を離れた。

「日本の警察も腐り始めている」

彼はかぶりを振りながら、秘《ひそ》かに中国語でつぶやいた。

彼の名は陳《ツエン》・果永《クオヨン》といった。

身長は、屋部長篤と同じく一七〇センチほどだが、ほっそりとしている。体重は六〇キロあるかないかだろう。

彼は、歩道に倒れている警官などよりも、屋部長篤に興味を覚えていた。

陳果永は、屋部長篤の技のなかにある奇妙な特色に気がついていた。かがんだときの足の形だ。

左膝を深く曲げ、右足は脇のほうへ流す——左足は地面を踏んでいるが、右足はそうではない。右膝の内側と、くるぶしが地面につく恰好になる。

この形は、空手の立ちかたにはない。沖縄系の古武術にもないはずだった。

また、古流柔術諸派でもこういう足の形は見られない。

少林寺拳法にもない。

たいていは、片膝をついて、もう一方の膝を立てるか、あるいは爪先を返して、両膝をつく姿勢が多く使用される。

陳果永が知っている限り、この横坐りのような妙な姿勢が見られるのは、中国武術の南派拳法に属する『地術拳《ちじゅつけん》』――別名『犬拳《いぬけん》』においてだけだった。

陳果永は、屋部長篤が歩き去った方向へ急いだ。すぐに彼のうしろ姿を見つけることができた。

陳はあとをつけた。

彼は屋部長篤がどこへ行こうとしているのか気づいた。

このまま行くと、有名な実戦派フルコンタクト空手の道場に着く。陳は、屋部の目的を悟った。

遠くからパトカーのサイレンが聞こえてきた。さきほどの警官たちが応援を呼んだのだ。

陳は舌を鳴らした。

「自分で犯罪者を作っておいて、忙しがっていれば世話はない……」

彼はまた中国語でぶつぶつとつぶやいた。

屋部長篤は礼を尽くして手合わせを乞《こ》うた。相手は実戦派を標榜《ひょうぼう》する空手道場だ。こういう申し出に背は向けられない。しかもこの手の客には慣れている。

黒帯を締めた若い男が受付までやってきた。身長は一九〇を越えている。体重は一〇〇キロ近くあるに違いない。

胸が厚く、肩幅が広い。道衣の袖《そで》からのぞく腕は太い筋肉の束だった。拳も大きく、人差指と中指のつけ根にすさまじい拳ダコができている。

角刈りにしており、首がおそろしく太いので顔が小さく見える。眼光は鋭いが人相は悪くない。

首が太いということは、顔面を殴られたときのことを充分に考えてトレーニングを積んでいることを意味している。

人間の脳は、鍋に豆腐を浮かべたような状態だとよく言われる。激しく揺さ振るとたやすく脳震盪《のうしんとう》を起こす。

もっとひどい場合は、脳内出血を起こし、死に至ることもある。

脳を収めた頭部を支えているのは細い頸部だ。人間が進化の過程で、知恵の代償として与えられた最大の弱点が、この部分にある。

頸部の筋肉——僧帽筋、胸鎖乳突筋などを鍛えるということは、この弱点を補うということだ。

ただし、こういう鍛錬に異を唱える武術家もいることは確かだ。

骨格上のこうした弱点は、筋肉などで補おうとしても、労多くして効果が少ない。

顔面に相手の攻撃を受けぬように、技、そして、勝負の間合いを学ぶほうがずっと合理的だというのが彼らの言い分だ。

屋部は体格や体型から見ても、筋肉による補強派より、技そして間合いやタイミングを重視するタイプのようだった。

そのままリングに上げても、プロレスラーとして通用しそうな角刈りが言った。

「試合をやりたいのなら、わが会派が主催している大会に参加してください。オープン・トーナメントですから、どなたでも参加できます」

「あなたたちに都合のいいルールで行なう試合でしょう」

「ルールはあります。しかし、われわれだけに都合がいいということはないはずだ」

「そうですか？　例えばあなたがたは顔面への突きを禁じている。実戦派を売りものにしながら、です。そして寸止めをばかにした発言を繰り返している」

「安全と実績――その両方を充分に考えてのことです」

「あなたたちの殴りっこでは絶対に到達できない境地が、武術にはある」

「そこまで言われては――」

角刈りの黒帯が言った。「こちらも引っこむわけにはいきませんね」

彼は明らかに憤っていた。

屋部は平然としている。

「道場のほうへ来ていただきたい」

角刈りの男が言った。彼は、屋部に背を向けて歩き出した。

その瞬間に屋部長篤は、この道場に見切りをつけた。

棒を持った相手に背を向けたのだ。相手はルールに慣れ切っている。

道場の敷居をまたぐまで、この男は何度も死んでいる――屋部長篤はそう思った。

屋部長篤が道場に入って行くと、陳果永がビルのなかにやってきた。今まで外から様子をうかがっていたのだ。

受付が彼を呼び止めた。

「見学ですよ。いいでしょう」

陳はそう言って道場へ駆けて行った。

屋部長篤が道場に入ると、その場にいた門弟たちがぴたりと稽古をやめた。彼らは場所を空けた。

「そちらの言い分だと、ルール無用ということでいいのかな?」

角刈りの男が尋ねた。

「かまわない」

屋部は知らなかったが、相手は昨年度のこの会派の大会チャンピオンだった。こうなることを読んで、彼が最初に出てきたのだ。

「では、望みどおり始めようか?」

角刈りのチャンピオンが、道場の中央へ歩み出た。

屋部は棒と荷を置き、マントを脱いだ。道場のすみにそれをまとめると、角刈りの男のほうに向かって歩き出した。

陳果永がこっそりと道場に入ってきて、片すみにすわった。彼も気を許すわけにはいかなかった。屋部の仲間と思われかねないのだ。

事実、黒帯のなかには陳果永に気づき、目配せし合っている者もいる。もしものときは、黒帯たちが寄ってたかって屋部と陳を袋叩きにして放り出そうというのだろう。

誰もが、屋部と前年度チャンピオンは対峙《たいじ》して睨《にら》み合うものと思っていた。

だが屋部は立ち止まらなかった。チャンピオンは、何事かと近づく屋部を無防備に見つめている。

一瞬、屋部の姿が二重に見えた。その動きはそれほど速かった。

屋部はいっぱいに踏み込んで四股立《しこだ》ちとなり、右の正拳を相手の膻中に叩き込んだ。床を踏みつけるすさまじい音と、正拳が当たる鈍い音が重なった。

殴り合いになると、体重差は勝敗を決めるきわめて大きな要素となる。だが、この場合、体重差もリーチの差も関係なかった。

前年度チャンピオンはもんどり打って後方に転がり、それきり起き上がろうとはしなかった。

膻中は中段最大の急所といえる。ちょうど肋骨《ろっこつ》の合わせ目である胸骨の部分にあたるが、ここには、どんなに鍛えても筋肉がつかない。そして重要な神経が集まっている。

東洋医学的に言うと、気のバッテリーともいうべき丹田のひとつなのだ。

その瞬間に陳は立ち上がっていた。

ふたりの黒帯が陳果永に殴りかかった。だが彼らのパンチは破壊力を生かすためにモーションが大きかった。

陳はひとりにカウンターの後ろ蹴りを見舞っておいて、すぐさま身を沈め、もうひとりの膝を蹴った。

そのときの足の形は、さきほど路上で屋部が見せたものとたいへんよく似ていた。

屋部は、棒を手にして、大きく一閃《いっせん》させた。鋭く空気を切る音がする。空手家たちはその場に張りついた。

屋部は風呂敷包みをひっつかむと、外へ駆け出した。

陳もそのあとを追った。

5

屋部長篤は右手に棒と荷物を、左手に下駄を持ち、路地を疾走した。

裸足で走れるというのは、かなり鍛えている証拠だった。

屋部は夢中で逃げていた。ということは、自分がどれだけのことをしたかという自覚があるのだ――後を追いながら、陳果永はそんなことを考えていた。

ふたりが飛び出したあと、空手の門弟たちがいっせいに会派のビルから外へ出て、あたりを探し始めた。

しかし、そのあたりで屋部がぐずぐずしていると考える空手家たちの考えが甘かった。

二十分も走り回っただろうか――人混みからすっかり離れてしまったあたりで屋部は走るのをやめた。

立ち止まると、くるりと振り向き、棒をぴたりと陳果永に向けて構えた。

「ずっとつけていたな」

「ああ……」

「あの空手道場へ行くまえからずっと……」

「そうだよ。……ちょっと、棒を降ろしなよ。あんた、まずいよ、警察と空手の大会派のふたつを敵に回しちまった」

「見ていたのならわかるはずだ」

「何が？」

「こちらに非はない」

「あのね、法の世界では被害が大きいほうが得をするの」

「それで死んでしまっては何にもならん」

屋部は棒を降ろした。

先端を軽く左手で握り、反対側の先を地面につけている。棒の中ほどに右手を添えている。

棒は降ろしたものの、まだ警戒は解いていない——陳果永はそう思った。

その状態からなら、地面にある先端がいつでも翻って飛んでくる。ちょうど剣道の下段の構えのようなものだ。

沖縄古武術にウェーク、あるいは砂かけと呼ばれる武器術がある。舟の櫂《かい》を棒のように使う武術だが、そのウェークのなかに、今屋部がやろうとしているような技法がある。

「よせってのに」

陳果永は、言いながら、ゆっくりと左足を前に進めて半身になった。

屋部が気づいて言った。

「おまえ、何者だ?」

「知りたきゃ、自分から名乗れよ。俺の祖国は礼儀にはうるさいんだ」

「そっちが勝手に後をつけてきたのだ。そちらから名乗るのが礼儀だろう」

「そうかい」

言うが早いか、陳果永はアスファルトの地面に身を投げ出した。あおむけになっている。左足で外側に棒を払っておいて、体の回転を利用し、振り上げた右足で屋部の顔面を狙う。一瞬だが、倒立するような恰好になった。

屋部は完全に不意をつかれた。たいていの武術家は、下から攻撃されることに慣れていない。

屋部の驚きは、ただそれだけではなさそうだった。

「そんな技をどこで……」

屋部は茫然《ぼうぜん》とした表情で尋ねた。

間合いの外に立った陳は、笑顔を見せた。

「武術の世界は狭いようで広い。また、広いようで狭い。どうだ、名乗る気になったか？」

屋部は、棒を完全に降ろして言った。

「屋部長篤。沖縄古流武術を学んだ。流派は特にない」

「陳果永《ちんかえい》だ」

「中国人か？」

「そう。そうは見えないか？」

「あんまり日本語が達者なんでな……」

「なぜかうちの家系は、日本人と結婚する者が多いのだ。昔、親族が集まると、北京語、上海語、広東語《カントン》、そして日本語と、いろいろな言葉が飛び交ったものだ。そして、俺は日本へ来て十年になる」

「十年か……。俺が沖縄を出たのもそのころだ。いや、それより……」

「わかっている。俺の技のことだろう。こんなところでうろうろしているとまずい。空手道場の連中、そして警察もあんたを探しているはずだ」

「かまうことはない」

「ばか言うな。とにかく目立たない恰好に着替えて、俺の部屋へ行こう。新大久保だ」

屋部は考えているようだ。

「考えている暇などないぞ！」

「そこへ行けば話が聞けるんだな？」

「ああ……。俺のほうから訊きたいこともある。だから追ってきたんだ。とにかく、その恰好、どうにかならんか？　目立ってしょうがない。すぐに警察につかまっちまうぞ」

屋部は風呂敷包みをほどいて、よれよれのTシャツを出した。米軍の放出品のようだった。モスグリーンのアーミー・カラーだ。

「これくらいしか着るものはないが……」

「いくらかましだろう。その道衣《どうぎ》の上を脱いでTシャツを着るんだ。マントは風呂敷に包んじまえ」

屋部は言われたとおりにした。陳は人目がないか常に周囲に気を配っている。そういうことに慣れているのだ。

「行こうか」

屋部長篤が言った。

「待て、その棒もまずい。そういうものを持ち歩くときは袋に入れるか、包むかしなけりゃいかん」

「ならばここに置いて行こう」

陳は驚いた。

「いいのか?」

「たかが棒っきれだ。この棒が技を使うわけではない。俺の五体が技を使って棒を動かすのだ」

「だったらそうしろ」

陳は屋部のほうを見たまま、歩き出した。屋部は六尺棒を捨ててすぐあとに続いた。

「俺はその棒が大切だから、警察とやり合ったのかと思っていた……」

「そうじゃない。むこうが先に武器を向けたからだ」

「あんた、長生きできないぜ」

陳は表通りへ出るとタクシーをつかまえた。

乗り込むと屋部に言った。

「こいつは特別だ。普段、俺たちはタクシーなんぞに乗れる身分じゃない」

屋部は黙っていた。

陳果永の部屋に入ったとたん、屋部は、タクシーに乗るのが特別だと言った意味がわかった。

六畳一間に小さな流し台がついたアパートの一室だった。

壁際に二段ベッドがあり、粗末な寝具が乗っている。ベッドは古い木製で、あちらこちらに修理したあとがあった。

「この部屋の家具はたいてい近くのマンションの粗大ゴミ置き場から拾ってくるんだ。修理すれば充分使える物を、日本人は平気で捨てる。信じ難いほど贅沢《ぜいたく》な国民だ」

屋部は何も言わず立っていた。畳は古く、ところどころすり切れている。

陳果永はさらに言った。

「ここで三人が暮らしている。みな中国人だ。このベッドは、あとのふたりのものだ。俺は畳の上に布団を敷いて寝る」

「そのふたりはどこだ?」

「昼間の仕事なんだ。肉体労働だがね……。いい金になる――もっとも、中国の経済価値から言ってのことだが……。俺は夜の仕事だ。新宿のクラブでバーテンダーをやっている」

「三人の収入を合わせれば、もっとましなところに住めそうなものだが……」

「俺以外のふたりは故郷に金を送らなければならないんだ。それに――」

「何だ?」

「もっとちゃんとしたところへ住みたければ、正式に入国審査を受けなければならない」

屋部は陳の顔を見つめた。

「そういうことか……。すると、あんたは、不正入国して十年も暮らしているということになるな……」

「そう。だから、昔の友人が俺を頼ってやってくる。ある程度稼いだら、国へ帰るが、また別の友人がやってくる。俺には断ることはできない」

「中国人は義理堅いな……」

「日本人がそういう立場に置かれたら……。立場がまったく逆になったら、日本人も金より義理を重んずるかもしれない」

「悪いが、そういう話に興味はない」

「そうだろうな……。そのへんにすわってくれ」

陳は流し台のところへ行き、ぬるいウーロン茶を入れてきた。

腰を降ろすと、屋部は訊いた。

「あんたは、相当に武術をやるようだが、さっきの技はどこで覚えた」

陳も畳の上にすわった。

「福州市だ」

「福州市？」

「福建省の町だ。福建省は中国のなかでも、武術が盛んなところで有名なんだ」

「話には聞いたことがある。福建省に六十三派ありと言われ、南派武術の発生の地でもあるそうだな」

「そう。俺が使った技は、現在でも福州市に伝えられている地術拳だ。中国語で言うと、地術拳《ティー・スー・チエン》」

陳は畳の上に指で字を書いて説明した。

「ほう……。地術拳……」

「この技は、南派武術のなかでは珍しく、飛んだり、高い蹴りを使ったり、しゃがんだり、転がったりと変幻自在な動きをする。地に転がったり伏せたりした状態から攻撃するから地術拳という名がついている」

「なるほど……。確かに南派武術のなかでは珍しい拳法だな……」

中国の武術は一般に、揚子江《ようすこう》を境に北派と南派に分けられる。これは単に地域的な区別ではない。

中国には古くから「南拳北腿《なんけんほくたい》」という言葉がある。南派武術は手技が主で、北派武術は腿法――つまり足技が発達しているという意味だ。

また、拳を打ち出すときに、「北派は勁《けい》を用い、南派は力を用いる」といわれている。力は筋力を意味するが、勁というのは筋力だけでなく、体のうねりや回転を瞬間的に利用することをいう。

その違いはおのずと動きに表れる。

北派は、手足を伸び伸びと使い、跳躍して蹴ったり、足払いを使ったりと、縦横無尽に動き回る。

一方、南派は、両足で地を踏みしめるように立ち、ほとんど手技だけを用いる。また、筋力を鍛えるのも特徴のひとつだ。

空手――特に那覇手《なはて》と呼ばれる流れには、この南派武術の影響が見られる。

北派の足技に類するものは、伝統的空手のなかにはほとんど見られない。

こうした違いが生じた理由はいくつか考えられる。

「南船北馬」という言葉があり、昔、交通手段として、北方では馬を使い、南方では船を使った。

その生活習慣が、武術にも反映したという説がある。確かに南派武術の足運びは、揺れる船の上で培われたように見える。

また、騎馬生活を送る者は、自然と駆け回ったり跳躍したりすることが多くなる。手は手綱を持っていなければならない。それで足技が発達したのだといわれる。

南方と北方の民族の違いに注目する説もある。

北方はもともと狩猟民族が多く、南方は農耕民族が主だった。狩猟民族の蹴り技が発達し、農耕民族の手技が発達するのは、世界的に見て、格闘術に共通する普遍的傾向なのだ。

地術拳は、南派武術のなかにあっては確かに特殊だ。それは一目見ただけでわかる。

他の南派武術――例えば、竜拳、虎拳、南派羅漢拳などが、しっかりと足に力を込めて地を踏みしめ、小さく歩を進めながら、細かな手技を繰り出すのに対し、高く蹴り、跳躍し、飛んだと思ったら、地を転がったりするのだ。

拳も長く伸ばし、肩を中心に振り回したりもする。北派武術に近いものさえ感じられる。

しきりに考え込んでいる屋部長篤に、今度は陳果永が尋ねた。

「あんたは俺の地術拳を見て驚いたようだが、俺のほうも意外に思ったことがある。あんたが使った技のなかに地術拳と同じ足使いがあったんだ。あんたは地術拳を習ったことはないのだな？」

「ない」

「では、あの足使いはどこで覚えた」

「沖縄だ。沖縄には、空手が生まれるまえに、手《ティー》という独特の武術があったといわれている。その多くは舞踊の形で残されているのだ。

　空手は、その手《ティー》に中国拳法の影響があって生まれたという説が定着しつつある。実際、沖縄では空手を唐《から》の手——つまり中国の手と書いて唐手《トウ・ディー》と呼んでいたのだ。これは昔からある手《ティー》と区別するためだった」

「あの足使いは、その沖縄の手《ティー》という古武術のなかにあるというのか？」

　屋部はうなずいた。

「手《ティー》というのは、ひとつの武術の名ではない。沖縄各地で行なわれていた古武術の総称だ。だから、正確に言うと、手《ティー》のなかのひとつにああいう足使いをするものがある、ということになる」

「伝承者は多いのか？」

「いや。ほとんどいない。宮古島に伝わる神事の踊りとして伝えられてきたのだが……」

「宮古島……？」

「台湾のそばだ」

「ほう……。それで、何という武術なのだ？」

「特に名前らしいものはない。ヌーディーと呼ばれている。棒のことは、沖縄ではクンと呼ぶことが多い。ヌーディーにもクンが伝わっている」

「クン？」

「中国の棍と同じだ」

「棍か……。そのヌーディーには徒手による拳法と棒術があるということだな？」

「そうだ。だがやろうと思えば、釵《サイ》にもトンファにも応用できる。その点は空手と同じだ」

「ヌーディーか……。いったい、どういう意味なんだ」

「ヌーのティー、つまり犬の手だ」

「犬……」

陳が、はっとした顔で屋部の眼を見つめた。

「そうだ……。どうかしたのか？」

「今では正式に地術拳と呼ばれているが、地術拳は別名、犬拳とも呼ばれている。犬拳《コー・チエン》と発音する。いや、もともと犬拳というのが正式なのだ。中国では、犬を卑しむ傾向があり、いつしか地術拳という名を用いるようになったのだ」

「犬拳……」

「これは偶然とは思えない」

「あんたの家系には日本人が多くいたという話をしていたな。その技は日本人が伝えたのではないのか？」

「いや……。犬拳は中国福建省に古くから伝わる武術だ」

「あんたが犬拳を学んだきっかけは？」

「幼ないころ、強制的に親に習わされた。それがいつしか夢中になってな……。そっちはどうなんだ」

「似たようなものだが、俺は親ではなく、ある古武術の師に言われた。宮古へ渡って、ヌーディーを探し求め、それを学んで来い、と……」

「なるほど……。まったく似たような話だ」

「同じ技があり、どちらにも犬の名がついている……」

「片や中国の古武術、片や琉球の古武術だ……」

陳果永はつぶやいてから、屋部の顔を見て言った。「中国から台湾を経てその宮古とかいう土地に伝わったのではないだろうか？」

しばらく黙考していた屋部が、かぶりを振った。

「中国人のあんたがそう考えたがるのはわかる。だが、違うような気がする」

「なぜだ？　日本は多くのものを中国から学んだ。漢字、仏教、儒教、政治形態。沖縄もそうだ。空手だって中国の影響で生まれたんじゃないか？」

「ヌーディーは神事に使われていたのだ」

屋部が言った。「神事というのは、きわめて土着的なものだ。何というか……、おおげさに言えば民族的な問題だ。他国から伝わったものを使うとは思えない。特に沖縄は古代からの信仰がそのまま色濃く残っている土地だ」

「なるほどな……。じゃあ、どう説明する。俺は偶然の一致とは思えない」

「俺も偶然とは思っていない。何か理由があるはずだ。だが、俺たちが話し合ってもわかるはずがない。俺はただの武術家だ」

「まあ、そりゃそうだ……。しかし、こうして出会ったのも偶然とは思えないな……」

屋部は何も言わなかった。

陳はさらに言った。

「俺たちは必要だから会わされた——そんな気はしないか？」

「会わされた？　いったい誰が俺たちを操っているというんだ？」

陳果永は人差指で上を示した。

「天さ」

「残念だが、俺はそういう類の話は信じないことにしている」

「どうしてさ。武芸の道に励んでいるふたりに天命が与えられる予兆かもしれないじゃないか」

「中国人というのは迷信深いのだな。俺は、この手でつかめるものしか信じない」

「心が貧しいんだな」

「何とでも言え」

屋部が立ち上がろうとした。

陳はその肩をおさえた。

「待てよ、どこへ行く気だ」

「別に決めてはいない」

「警察と例の空手道場の連中が探し回ってるだろう。あの会派は全国いたるところに支部を持っている。東京にも、たくさん支部がある。少しはほとぼりをさましたほうがいい」

「ここにいろというのか？」

「そうだ」

「いや、そういうわけにはいかん。これ以上世話になりたくない」

「天命によって俺たちは出会ったのかもしれないんだぜ」

「だったら、ここで別れても、いずれまた会うだろう」

陳は溜め息をついた。

「わかった。もう止めない。だが、何かあったら、ここを訪ねて来てくれ」

「恩に着る。いつまで東京にいるかはわからんが……」

「最後にひとつ訊いていいか？」

「何だ？」

「どうして、そんな生活をしているんだ？」

「小さいころに読んだ本がよくなかった。完全に影響されてな……」

「何の本だ？」

「宮本武蔵だ」

屋部は部屋を出て行った。

6

秋山隆幸はその日、歴史民族研究所には顔を出さず、一日を大学で過ごした。

午前にひとつ、午後にひとつ講義がある。午後の講義を終えると四時半になってしまう。大学の外へ出かけても、まとまった時間が取れないのだ。

水曜日はいつも一日大学にいた。

午後の講義に出かけるとき、入れ違いで熱田澪が石坂研究室にやってきた。

「今から講義？　そうか、きょうは水曜日ね」

「うらやましいな。曜日の感覚がなくなるほど暇なのか？」

「その逆よ、論文作成に追われて休む間もないのよ。講義、しっかりね。教室で女学生に誘惑されたりしないようにね」

「余計なお世話だ……」

秋山は教室へ向かった。

教室はまたしてもまばらだった。秋山は講義の内容には自信があった。しかし、講義の内容と学生の出席者数は無関係だ。

キャンパスは今や社交の場と化している。

着飾った女学生を、車に乗った男子学生が迎えに来る。

高い授業料を親から出してもらい、さらには、家賃や生活費まで面倒を見させ、遊びの費用や衣服を買うためにアルバイトに精を出す。

学究を志す大学生はほんの一握りだ。

三流大学の学生は「どうせこんな大学を卒業したってろくな会社に就職できない」と開き直って遊びまくる。

一流大学へ入学した者は、入試地獄がようやく終わったという解放感と、一流校に籍を置けたという安心感で遊び回る。

高学歴社会といわれるが、実情はきわめて程度が低い。

大学を卒業しさえすれば、学士号をもらえる。昔の学士と今の学士とでは雲泥の差だ。

秋山は大学のそういう風潮を、実に淡々とした眼で眺めていた。

憂いもしなければ、怒りもしない。

彼の関心は別のところにあった。研究ができれば何の不満もないのだ。

定時より三十分早く授業を切り上げた。授業の時間は一時間三十分あるが、最近の学生はそれだけの時間、集中力を維持することができないのだ。

研究室に戻ると、まだ熱田澪が残っていた。本の山を作り、原稿用紙に向かっている。

秋山は気をつかい、声をかけなかった。テーブルに腰を降ろしたとき、澪が顔を上げた。

「あら、早いのね」

「学生にとっても、僕にとっても、時間を浪費するのは無意味だと思って……」

「そうね……」

澪は、原稿用紙に眼を戻した。

秋山は鞄から読みかけの本を取り出して開いた。

澪が走らせるシャープペンシルの音だけが聞こえた。時折、秋山がページをめくる。

突然、ドアが開いた。

秋山と澪は同時に顔を上げた。

小柄な老人が部屋に入ってきた。教授の石坂陽一博士だ。

彼はふたりにうなずきかけると、まっすぐ自分の机へ行った。

石坂陽一教授は、実に学者らしい風貌《ふうぼう》をしているが、日本人には珍しいタイプだった。頭髪は見事な白髪だ。豊かな口髭《くちひげ》をたくわえているが、その髭もまっ白だった。

学生たちの間では、石坂教授がアインシュタインに似ているという評判だ。秋山と澪も全面的にそれを認めていた。

机に向かってすわると、教授はしばらく何ごとか考えていた。

窓を背にしているので逆光になる。

唐突に石坂教授は言った。

「秋山くん。歴史民族研究所のほうはどうかね？」

「は……？」

思わず秋山は教授の顔を見つめていた。石坂教授があの外郭団体について尋ねるのは初めてだった。「ええ、まあ……。どうということもなく……」

「役人は何も言ってこんかね？」

「ええ……。今のところ、特別なことは……」

「そうか」

石坂教授はそのまましばらく沈黙していた。

秋山は、それでその話題は終わったもの、と思い、開いていた本に眼を戻した。

すると、教授が言った。

「秋山くん。いつか熱田くんと、犬神伝説について話したことがあったな？」

「は……？　ええ……。でも、あれは酒の席のことで……」

「ふたりの家に偶然同じような伝説が伝わっているんだったね……。確かそれが犬神伝説に関係している……。そんな話だったような気がするが……」

秋山と澪は思わず顔を見合わせていた。

もともとかなり変わったところのある教授だが、きょうは特に話の内容が妙だった。

秋山は教授のほうに向きなおってこたえた。

「ええ。そのとおりです」

「うん……。熱田くんは、それについてかなり調べているようだったね？」

澪がこたえた。

「はい……。歴史に興味を持つようになったのも、そもそもは幼ないころから何度も聞かされた、その伝説がきっかけでしたから……」

「ちょっとふたりで本格的に調べてまとめてみてくれんかね？　そうだな……。たいした分量は必要ない。原稿用紙に五十枚程度でいい」

「はあ……？」

秋山が言った。「どうするんです、そんなもの……」

「うん……」

石坂教授は間を取ってから話し出した。「どうも文部省の管理がいいかげんでね、君のところへ行くべき書類が私のところへ来てしまったらしい。ほら、もともと私が例の研究所へ行くことになっていただろう。君のところへも同じものが行っているかもしれないと思って、さきほど確かめたのだが……」

「それが僕たちの家に伝わる伝説と何の関係があるんですか？」

「見当違いな要請だったんで、何をすべきか考えつかなかった。今、不意に君たちの顔を見て思いついたのだよ」

「どうも、おっしゃっていることがわかりませんが……」

「そうだろうな……。役所が送って来た書類には、いろいろごちゃごちゃと書かれてあってな……。これはあくまでも参考としての意見を聞くためのものだ、とか、実際の出来事とは関係ないとか前置きが多かった。だが単純に言うとこういうことだった。日本が他国の侵略にあったとき、どういう方法で安全に切り抜けるべきか、それぞれの立場で考察してくれ、と……」

「何ですか、そりゃあ……。そういう問題は、防衛専門家や政治学者が考えればいいじゃないですか。歴史学者や民族学者にそんなことを訊いてどうするつもりなんでしょう」

「だから見当違いの要請だと言ったんだ。どうやら同じ書類を政府と関係のある学者に、ほとんど絨毯《じゅうたん》爆撃的にばらまいたようだ。もちろん防衛問題専門家などのところにも行ってるだろう」

「無視したらどうですか？」

「私もそう思っとったが、それもつまらん。こうなったら、民族学、あるいは民俗学者としての回答を出してやろうと思ってな……」

「侵略に対する解決法ですか……？　あまりぴんときませんね……」

「だが、君たちの家に伝わる伝説は、いかなる国の危機も救えるというものだろう？」

「国の危機といってもいろいろありますよ。伝説が生まれたのは、現在のような国際社会ではなかったはずです」

「いや……。古代、上代の日本は国際社会だった。もっとも相手は西欧ではなく、中国、朝鮮、そして南方諸島だがね……。伝説というのは、一般の人が考えているより、ずっと普遍性があるものだ」

「わかりました。見当外れの要請には見当外れの回答を、というわけですね」

石坂陽一教授は笑った。

逆光でよく見えなかったが、秋山には確かに、にやりと笑ったように見えた。

ジョン・カミングスは、外交用テープのためにフリーパスで持ち込めた大きなトランクを開いた。

日本国内ではまず手に入れることのできない強力な火器が入っていた。

カミングスは、まずＷｚ63を取り出した。油を浸《し》み込ませた布にくるんである。

Ｗｚ63はポーランド製の小型サブマシンガンだ。一九六三年にポーランド軍に制式採用されたが、西側に正規に輸出はしていない。

西側で発見されたＷｚ63のほとんどは、テロ活動のために輸出されたものだといわれる。

Ｗｚ63はチェコスロバキア製サブマシンガン、Ｖｚ61スコーピオンと並んでテロリストたちに人気の高い必殺武器だ。

Ｗｚ63には多くの特徴がある。まず、ブローバック形式を採用しているが、遊底《スライド》を後退させた状態でコックする。

そして、他の有名なサブマシンガン——例えばウージーやイングラムの遊底は、レシーバー内部で動かすが、Ｗｚ63の場合、遊底が外部に露出している。

この点がいくつかの長所を生み出した。まず遊底をある程度大きくすることができるので弾薬とのバランスがよくなる。

遊底の前部——つまり銃口を取り巻く部分が突き出しているのだが、この部分は、上半分が切り取られた形をしている。

発射ガスを上方だけに逃がすようにしてあるのだ。そのため、銃口のはね上がりをおさえる働きをしている。

さらに、この前部に突き出た部分を押しつけてやれば簡単にコッキングできる。

つまり、片手で壁や、自分の膝に押しつけてやるだけでコックできるわけだ。

Ｗｚ63は９ミリ×18のマカロフ弾を使う。これは西側にはあまり普及していない弾丸だ。

しかし、同様の弾丸が西側で作られていないわけではない。９ミリ・ポリス弾、９ミリ・

ウルトラ弾と呼ばれるものがそれで、これらの弾丸でもＷｚ63は充分に作動する。

Ｗｚ63のもうひとつの特徴は、フルオート、セミオートのセレクター・レバーがないことだ。トリガーの引き具合で切り替わるのだ。途中まで引くとセミオート、引き切るとフルオートになる。

カミングスは、Ｗｚ63をテーブルに置き、もうひとつの油布の包みをスーツケースから取り出した。

布のなかから、小型のオートマチック拳銃が現れた。

Ｓ＆Ｗ社のＭ５９０６だ。

この銃は装弾がダブル・カアラム——つまり、マガジンに弾を二列に装弾する。最近の銃は装弾数が多くなってきている。グロック17はその名のとおり十七発が、ステアーＧＢに至っては十八発が装弾できる。

Ｓ＆Ｗ・Ｍ５９０６も例外ではない。この銃は9ミリ・パラベラム弾を十四発装塡《そうてん》できる。

カミングスは、Ｍ５９０６を、Ｗｚ63のとなりに置いた。

彼は、Ｗｚ63を手に取り、フィールド・ストリッピングを始めた。手入れのための分解だ。

遊底《スライド》を少し後退させ、レシーバーに刻まれているマークと、遊底に刻まれているマークを合わせる。

その状態のままバレル（銃口）を九十度ひねる。そうすると、遊底とバレルはいっしょにレシーバー部分の前方へ取り出すことができる。

次に前方に飛び出してくるリコイル・スプリングを抜き出す。

最初に九十度ひねったバレルをもとに戻すと、遊底からバレルを抜き出すことができる。

これで分解は完了だ。

カミングスは各部を点検して、素早く組み直した。

次に、Ｓ＆Ｗ・Ｍ５９０６のフィールド・ストリッピングだ。

まず、マガジンを抜く。次に遊底を後方へ引き、スライド・ストップを切れ込みに合わせる。そのまま、スライド・ストップを後方に押しながら抜き取る。

そうすると、遊底部分すべてが、レシーバーの前方へ抜き出すことができる。

遊底部のなかから、まずリコイル・スプリングと、スプリングの芯《しん》、そしてバレルを取り出す。これでフィールド・ストリッピングは完了だ。

カミングスは暗闇のなかでも、この分解・組み立てが自在にできる。

M5906を組み立て終えると、彼はそれをベッドの枕の下に置いた。

Wz63はマガジンを外したまま、再びスーツケースに戻した。このサブマシンガンは、部屋に侵入してきた相手に使うには強力過ぎるのだ。

スーツケースのなかには、エッグ型手榴弾が三個入っていた。手榴弾はいつでもさまざまな用途に使える、きわめて便利な爆弾だ。

他に武器はない。万が一にそなえて、持ち込む武器は最小限に抑えたのだ。

必要ならば、マーヴィン・スコットが、在日米軍から都合してくるはずだった。米国政府が陰で支援しているのだから、何の問題もないはずだった。

もちろん、アメリカから日本にテロリストが送り込まれている、などという事実は、米国民も知らない。

カミングス、スコット、フォスターの三人は、米国全土に勢力を持つ、ある巨大犯罪組織に雇われて送り込まれたことになっている。

もし、三人のうち、誰かが失敗を犯し、名前が公表されるようなことがあれば、合衆国政府は、正式に遺憾《いかん》の意を表明し、その犯罪組織に対し何らかの措置を取るだろうが、公式に日本に謝罪する必要はないのだ。

そうした隠れ蓑《みの》が用意されている。

だが、おそらく、アメリカは、そうした措置すら必要ないはずだ。送り込まれた三人が失敗することは考えられないのだった。

カミングスは、窓の脇に身を寄せ、カーテンの隙間《すきま》から、外の様子をうかがった。

怪しい人影は見えない。

何か異変があれば、肌で感じるはずだった。なぜそう感じたかは、あとでわかる。

今は何も感じない。

彼は敵地に乗り込んだという実感がまだ湧《わ》いてこなかった。東京はあまりに平和な町に見えた。

夜になっても、銃声ひとつ聞こえない。喧嘩の音もなければ、パトカーのサイレンもきわめて少ない。

こんな大都会は珍しいとカミングスはつくづく思った。滅亡に向かって奔走している先進国にあっては希有《けう》なことかもしれない……。

だが、この平和は、他国の犠牲の上に成り立っているとカミングスは信じていた。今やたいていのアメリカ市民がそう感じている。

日本企業は、東南アジアの熱帯林を食い荒らし、またその土地の安い労働力を利用して肥え太っている。

カナダやオーストラリア、ハワイといった土地に進出し、日本人好みの下品なリゾート地を作り上げる。

おかげで、ハワイあたりでは物価が急上昇してしまった。

日本人はきわめて特別な感覚を持っているとカミングスは考えていた。他国で恥をかくことをまったく恐れていないように見えるのだ。

そのくせ、故郷に戻ったときの評判をひどく気にする。

理解し難い民族だ――彼は窓のそばから離れた。

そのとき、出入口のインターホンのチャイムが鳴った。カミングスは出るべきかどうかほんの一瞬迷った。すぐに彼は寝室へ行き、銃を取ってきた。ベルトの腰のうしろへ差し込んで、ガウンを羽織った。前ははだけたままだ。

もう一度、チャイムが鳴った。

カミングスは受話器を取り、言った。

「イエス……」

女性の声が聞こえてきた。英語だった。中年女の声だ。

「マイヤーさん？　マンションの住民委員会の者ですけれど……」

「何ですって……？」

「住民委員会です。管理者とともに作っているのですが……」

「わかりました。今、開けます」

カミングスはいつでも銃を抜ける状態で、そっとドアを開けた。ノブは左手で持っている。チェーンはかけたままだった。

「委員のサンディー・カニンガムです」

太った中年婦人だった。金髪を短く刈っている。「あら、ご老人がお住みと聞いていたのですが……」

「おじのホルストは今、出かけております。私はハンス」

「まあ、ドイツのかた？」

「いえ、ドイツ系アメリカ人です」

「そう。私もアメリカ人よ。では、おじさまが戻られたら、私が訪ねてきたことを伝えていただけないかしら？　是非、委員会に入会していただきたいの」

「わかりました。必ず伝えます」

「そう。では……」

「あの……」

カミングスは呼び止めた。「日本の住み心地はどうですか？」

「ええ、悪くはないわ。物価は高いけど……」

そこまで言ってカニンガム女史は顔をしかめた。「でも、この土地では私たちはいつまでたってもガイジンよ」

7

屋部長篤は、ホームレスたちに混じって、新宿駅の地下街で一夜を過ごした。

新宿駅浄化委員という腕章をつけた、背広の集団が何度か来て、ホームレスたちを追い立てた。屋部も当然ながらまったく同じ扱いを受けた。

あの浄化委員というのは何者だろう？　屋部長篤は思った。国か都、あるいは区の役人か……？

あのばかどもは、ホームレスを追い出せば駅の浄化になると本気で信じているのだろうか？

人がなぜホームレスにならねばならないのか、ということも考えずに——屋部長篤は考えていた。

八重山《やえやま》の石垣島では、今でも昼から泡盛のにおいをさせ、日がなふらふらしている老人がいたりする。決まった家もなく、本土の感覚でいうとホームレスかもしれない。

だが島の人々はそういう老人を邪険に扱ったりはしない。

話し相手になり、酒をくみ交す。ともに島唄を歌い、昔話を聞く。

子供たちは、そういう老人から、こっそり泡盛を飲ませてもらい、親にも聞けないさまざまなことを教わる。

日本の社会は弱者には冷たい仕組みになっている。老人、身体障害者、そして貧民……。駅の階段が、老人や手足の不自由な人々にどれだけつらいものか一般の人にはわからない。

貧しい家の子供は、それだけの理由でいじめにあう。彼らに対して充分に手が差しのべられていれば——いや、手を差しのべる必要すらない。同じ場所で同じように生活することが許されるだけで、福祉、福祉と大騒ぎする必要はなくなる。

福祉の費用というのは、結局は、老人や病人、身体障害者といった弱者を閉じ込めておくための施設を作る金であり、本来ならば身近な人がやるべきことを肩代わりする人々のための人件費なのだ。

国が福祉という言葉を強調し始めた段階で、その社会は病んでいる——屋部はそんな気がしていた。

新宿駅浄化委員の人々が去ると、またどこからともなくホームレスが集まってくる。

屋部長篤も同様に、地下道の柱のもとに横になり、マントをかぶって眠ろうとした。ふと目のまえにすわった男が持っている新聞が眼についた。

屋部はゆっくり起き上がった。

長い汚れた髪の間から、猜疑心《さいぎしん》に凝り固まった感じの眼がのぞいている。その男は、屋部をじっと見ていた。

屋部が言った。

「ちょっとその新聞を見せてくれないか?」

男は体ごと横を向いた。恐れのためか口をきこうとしない。

屋部長篤はさらに言う。

「取り上げようとは思わん。見たい記事があるのだ」

男は何も言わない。

さっと手が伸びてきてその新聞をひったくった。

中年のホームレスが新聞を持って立っていた。

「欲しけりゃこうするんだ」

彼は言った。「この男に頼みごとをしたって無駄だ。ひどい人間不信に陥っている。被害妄想なんだ」

「人間不信……。被害妄想……？」

屋部はぼんやりとつぶやいた。

「俺のような人間がそういう言葉を使うとおかしいかい？　だがな、俺はちゃんと大学を出ている。臨床心理の学位も持っている。どうだ、驚いたか？」

彼は、新聞を屋部のほうに放って、どこかに去って行った。

新聞を持っていた男は、横を向いたきり何も言わない。まだ若い男だ。

「心配するな。必ず返してやるから」

屋部は言う。

新聞など取るに足らないものだ。返してやるという行為と、それを約束してやる言葉がこのホームレスのような男にとっては重要なのだ。

屋部は新聞を睨《にら》んだ。

小さな広告が出ていた。

池袋にある、屋部を追い回している空手の会派が出した広告だ。

屋部にあてるメッセージに間違いなかった。

「あのときはまともな勝負とは言えなかった。もう一度場を改めて試合をしたい」

そういった内容だった。広告は館長名で出されていた。電話番号も書かれていた。

屋部長篤は、その小さな広告を破り、道衣の懐に収めた。

そして、約束どおり、若者に新聞を返してやった。

若者は不審そうに屋部を見ていた。屋部は気にせず、また横になり、マントをかぶって眠ろうとした。

新宿区役所の向かいにある雑居ビル群は、年々華やかになっていくようだった。呼び込みが規制されるようになってからは、クラブの派手な制服を着た若い女が道路端に立つようになっていた。

クラブといっても、料金体系はキャバレーと同じ時間制だ。働いているホステスの多くはアルバイトで平均年齢は二十歳前後。そういった店が増えている。

増え過ぎて、そろそろ共倒れや引き抜きによるトラブルが出始めていた。

陳果永はそうした店のひとつで働いていた。暴力団の資本のチェーン店だ。『ローズガーデン』という名の店だった。

八時を過ぎたころ、人相のあまり良くない一団が店に入ってきた。一見するとヤクザ者のようだが、身につけている品物が安物だ。

靴がひどくくたびれている。

陳果永はその男たちの正体がすぐにわかった。警察官だ。おそらく刑事も混じっているだろう。

店のなかはまだ空いている。ミニスカートの制服を着た女の子が三人呼ばれて席についた。

席をアレンジしたフロア担当が、何枚かの紙を持ってきた。

陳果永は水割りのセットを作っていた。バケットにアイスを入れ、ミネラルウォーターを出す。

「おい、陳」

フロア担当が言った。「刑事がこんなもの、持ってきた。トイレにでも貼《は》っておいてくれ。警官には協力しとかんとな」

「わかりました」

紙の束は同じもののコピーだった。

その紙を見て、陳は溜め息をつき、小さくかぶりを振った。

紙には似顔絵が書かれていたが、それは、明らかに屋部長篤の顔だった。その紙には、似顔絵に似た人物を見かけたら一一〇番してほしい、という意味のことが書かれている。

陳は言われたとおり、その紙をトイレの壁の目立たないところに貼った。

「こりゃ、事実上の指名手配じゃないか……」

陳はつぶやいた。「屋部のやつは、警察がここまでやってるとは思っていないだろうな……」

夜が明けると、屋部長篤は新宿の地下道を出た。

のこのこと例の実戦空手の道場に顔を出すのは、殺されに行くようなものだ。流派、あるいは異種格闘技間の確執というのは一般の人が思っているより、ずっとすさまじいものがある。

現在でも、新興流派や分裂して独立した一派などには道場破りがやってくる。

特に、分裂独立した一派には、分裂する前の流派が、その一派をつぶそうと、寝込みを襲うようなことまでやる。

武道、武術の世界は、奥深いところでは、今でも、文字どおり命がけの戦いが繰り広げられているのだ。

道場内で誰かが死亡しても、それは多くの場合事故として処理される。最悪の場合でも業務上過失致死だ。

屋部は、警官との一件があるので、さすがに街なかでは慎重に歩いた。

人のいない場所を選んで歩き回った。

陳果永に、マント姿は目立つと言われていたので、マントは風呂敷に包み、色あせた、黒の空手道衣だけで歩いていた。

それでも充分に人目につくのだが、稽古の途中に見られないこともない。

屋部は小さな神社を見つけ、境内に足を踏み入れた。人気はない。

そこで基本鍛錬を始めた。体をほぐしてから、腕立て伏せや腹筋運動、スクワットなどの筋力運動をこなした。

そのあとは、騎馬立ちになって、気を練る。筋力運動より楽そうに見えるが、実はこちらのほうがつらい。低い姿勢を保ったまま、深呼吸を繰り返すのだ。

ただの深呼吸ではない。鼻だけで呼吸し、九つまで数えながら吸い、同じく九つ数えながら吐く。

吸い終えたときに息を止め、下腹の下丹田まで気を降ろす。吐くときは、その気を全身へ回すようなつもりで吐くのだ。

じっとそれを繰り返しているだけで全身から汗が噴き出してくる。初心者は一分ともたない。

拳の威力は、この呼吸法の鍛錬によって格段に高まる。筋力だけで養われるパンチ力には限界がある。そして、体格の差によってパンチ力にも差が生じる。

しかし、気を練ることによって生まれる拳の威力に体格の差は関係ない。

中国武術では、こうした気の鍛錬を功夫《コンフー》と呼び、たいへん重要視する。香港武術がカンフーと呼ばれるのは、この功夫の転用だ。

同様に、空手でも、本来はこうした鍛錬を重視した。沖縄には今でもチンクチという言葉が残っているが、チンクチというのは、まさに中国武術でいう功夫《コンフー》と同じ意味だ。

充分に気を練ると、今度は、基本の突き蹴りに移る。

屋部長篤の突きは、うなりを上げた。突ききったときに、わずかに半身になる。騎馬立ちで突いているのだが、突くたびに腰が大きく動くので、足で地面をえぐるような感じになる。

洗練された動きではないが、きわめて威力があるのは確かだ。

剣の達人は一の太刀ですべてを決する。二の太刀、三の太刀は付随的な、いわば枝葉のようなものだ。

それと同じく、屋部の突きは、一撃ですべてを決するだろう。

もともと沖縄の古流はそうしたものだという信念が、屋部にはあった。

蹴りも見るからにおそろしいものだった。地面を踏みしめていた足が、内側にひねられながら前方に蹴り出される。

そのスピードと破壊力もまた一撃必殺を理想としたものだ。

何本突くか、あるいは蹴るかといった数をあらかじめ決めているわけではなかった。調子を見ながら、ときには何百本も突く。が、たった十本で終わるときもあった。

それが終わると、型の稽古に入る。

型はただの演武ではない。技のエッセンスをまとめた、動く虎の巻だ。

だが型のままでは使いようがない。型はコーヒー豆のようだと言った人がいる。そのままでは味わうことができない。

豆を炒《い》り、細かく碾《ひ》き、湯で点《た》てて初めて実際に人の役に立つ。

型のひとつの動作にも、いくつもの技が隠されているのだ。最近では、空手の師範を名乗っていても、そういうことを知らぬ人間も増えてしまった。

屋部長篤は三十六《サンセーリュー》と呼ばれる型を始めた。動くたびに拳が風を切る音が聞こえる。

三十六《サンセーリュー》の型は、上地流や剛柔流にも伝わっている。

もともとは、上地流の祖、上地完文が、福建省から伝えた南派少林拳のひとつだったと言われている。

屋部の型は、剛柔流に伝わるものよりも、上地流に伝わるものに近かった。つまり、より、オリジナルに近いのだ。

型を終えると、屋部は、木陰に腰を降ろして息を整えた。次から次へと汗が噴き出してくる。

すでに気温は上がり始めている。空気はじっとりと湿っている。

梅雨時なので、きょうも空はどんよりと曇っている。今にも雨が降り出しそうだった。

屋部は風呂敷包みのなかから、薄汚れたタオルを取り出して汗をふこうとした。

そのとき、タオルといっしょに、紙切れが飛び出して、地面に落ちた。

実戦空手の道場が出した広告だった。屋部はタオルで顔や首筋をぬぐいながら、その記事を見つめていた。

やがて彼は立ち上がり、神社を出た。

屋部は公衆電話を探した。街なかを避けて歩いているので、なかなか見つからない。

ようやく小さな煙草屋の店先に緑色の電話が置いてあるのが見えた。

彼は腰にぶら下げている巾着《きんちゃく》から、十円玉をいくつか取り出し、さきほどの新聞広告を見た。その会派の本部に電話をかけた。

女性が出た。

「館長をお願いします」

長篤は言った。

「失礼ですが、どちら様ですか？」

「屋部長篤といいます」

しばらく無言の状態が続いた。

再び女性の声がした。

「申し訳ありません。館長はただいま手が離せませんので、代わってご用件をうかがいます」

「館長がおられるなら電話に出るようにお伝えいただきたい」

「失礼ですが、どういったご用件で……？」

「あなたがたの会派で出された広告についてです」

「広告……？」

「新聞に出した広告文です。私とそちらの選手がやった試合は正当なものではなかったという……」

「……お待ちください」

無言の間。

女性は誰かと対処の方法を考えているに違いない。今度はさきほどよりも長く待たされた。

男の声がした。

「失礼。お名前をもう一度お聞かせ願えますか？」

屋部は名乗った。

「わかりました。今、館長におつなぎいたします」

ややあって、野太い声が聞こえてきた。

「私が高田です」

高田源太郎というのが館長の名だ。低いが威圧的ではなく、むしろ包容力のある声だ、と屋部は思った。

「沖縄古流の屋部長篤と申します。そちらにうかがったときの試合についてですが、決して不当なものではなかった——それを申し上げたくてお電話いたしました」

高田源太郎はしばらく黙っていた。考えているのだろう。

「弟子たちは不意打ちだったと言っておったが……」

「あの選手は、私に何度殺されても文句が言えない状態だったのです。私は、そちらのビルに足を踏み入れた瞬間から戦いが始まったと思っていた。だが、そちらの選手は、道場に入り、向かい合って、『始め』の合図がかからなければ戦いは始まらないと思っておられた。その違いです。

私は、少なくとも後ろから襲いかかったりはしなかった。道場で相対するまで待ったのです。こちらもそこまで譲歩したのですよ」

高田源太郎はうなり声を発した。

うなずいたのかもしれない、と屋部長篤は思った。

「私も若い時代には、いろいろな空手流派、そしてさまざまな格闘技を相手に戦った。日本だけでなく、多くの国を訪ね歩き、命がけで戦った。命を張ったときは、それなりの戦略も必要なことは充分に承知しておる」

「それでは、この話はこれで終わりにしていただきたい」

「君の言い分は理解できた。私もそうしたいと思う。だがね——」

高田館長は重々しい吐息を洩《も》らした。「だが、源空会としてはそうはいかんのだ」

源空会というのが、高田源太郎の実戦空手の流派名だ。

「ならば、やはりもう一度勝負をしろ、と……」

「この私が立会人になろう」

「あなたも武術家ならおわかりのはずだ。一度乗り込んで、相手した者を倒した道場に、のこのこ出て行くのは愚の骨頂だ。命を捨てに行くようなものだ」

「どのような結果に終わろうと、門弟たちには余計な手出しはさせない。それは、この私が武術家の誇りをかけてお約束しよう」

今度は屋部長篤が間を取った。熟慮しているのだ。

豪胆な武術家はむしろ生き残れないことが多い。臆病《おくびょう》なくらいに細心の注意を払ってこそ、戦いに勝ち続けることができるのだ。

高田源太郎も辛抱強く待っていた。無駄なことは言わない。彼は、すでに勝負が始まっていることを悟っていた。

屋部長篤は言った。

「いいだろう。もう一度試合をしよう。ただし、条件がある」

「何だね？」

「日時はそちらが決めて結構。だが、その代わりに場所はこちらが選ばせてもらう」

「源空会を相手に条件を出すというのかね？　全世界に百万の門弟がいる源空会に……」

「信じられんな……」

長篤が言った。

「何がだね？」

「私はあなたが、数少ない武術の追究者のひとりだと思っていた。形式はどうあれ、だ。だが、あなたは今、門弟の数で武術家の私を威圧しようとした……」

高田源太郎は言葉につまったようだった。

屋部長篤は高田が無言なので、言葉を続けた。

「門弟が何人いようとかまわない。私は生き残るために条件を出す。再試合を望んできたのはそちらだ」

「……わかった。君の言うとおりだ。日時は今決められる。君が相手した男は園田という源空会三段の男だ。すぐにでも戦いたいと言っている。今夜七時ではいかがか？」

「いいだろう」

「……で、場所は？」

「新宿中央公園。熊野神社境内」

「よかろう……」

高田源太郎は、明らかに動揺していた。彼自身はいたるところで戦った経験があるが、会派の選手たちは道場や体育館での試合しか経験していないのだ。

だが彼は抗議しなかった。電話が切れた。

8

陣内平吉は、石倉良一内閣情報調査室長に呼ばれて個室へおもむいた。

今や日常のセレモニーと化している。陣内はまるで気にしていない。ゆっくりと室長の部屋に向かう。

彼が駆け足をするのは、危機管理対策室の下条泰彦室長か、内閣総理大臣に呼ばれたときだけだった。

石倉室長は言った。

「三人のテロリストの足取りはまだつかめんのか？」

「まだです」

「公安警察というのは、もっと優秀だと思っていたがな……」

「優秀ですよ。だから、まだ何も起きていないのです。相手は選《え》りすぐりのプロフェッショナルですからね……」

「発見し検挙するのが警察の仕事だ」

「努力はしていますがね……」

陣内は平然と言ってのけた。「難しい問題があります。日本国内で罪を犯しているのは唯一、ジョン・カミングスだけなのです。他のふたりは、まだ法に触れるようなことは何ひとつしていないのです。公式に捜査するわけにもいかんでしょう」

「パトカーが五台やられているんだ。あとのふたりはカミングスの仲間ということでつかまえればいい」

陣内は半眼で小さく首を横に振った。

「三人のつながりは立証できんでしょうな」

「君は、もともと警察官僚だろう。もっと警察の尻をひっぱたけんのか?」

「秘密というやっかいな問題があります。この戦いは、国民にも海外の人間にも、絶対に知られてはならないのです。そのために、警察の動きにもおのずと限界が生じます。よくやっていますよ、彼らは……」

「君と話していると、いったいどちらの味方なのかわからなくなってくるよ」

陣内は半眼のままだったが、その眼が一瞬鋭く光った。

「もちろん私は日本を守るために働いているのです」

石倉室長は苦い顔をした。

「そうだろうとも……。その苦労の良い結果を早く聞きたいものだと思ってな……」

彼は、陣内から眼をそらし、しかめ面をしたまま机上の書類を見た。「もういい。席に戻りたまえ……」

「失礼します」

陣内は退出した。

石倉室長の胃か十二指腸に潰瘍《かいよう》ができるのも時間の問題だと陣内は思った。

「ヤワな神経だ」

陣内がつぶやいた。

そばにいた室員が、ぱっと顔を上げた。

「え……？　何か言いましたか？」

「うん」

陣内はうなずいた。「弱虫ってのはどうしても仲間はずれにしたくなるよなあ……」

「はあ……？　お子さんの問題ですか？」

「何言ってんの。私は独身だよ」

秋山隆幸は、熱田澪とふたりで図書館にこもっていた。

ふたりの家に伝わる説話の裏付けとなるような事実を片っぱしから拾い出しているのだった。

明らかに裏付けとなることが証明されている必要はない。学術論文をまとめるわけではないのだ。

しかし、かといっていいかげんな文章をでっち上げるというのは、秋山の性分が許さなかった。

しかも、石坂陽一教授が目を通すのだ。一応の体裁を整え、しかも、ある程度の信憑《しんぴょう》性を保証しなければならない。

秋山と澪にとって、その伝説がいつごろ成立したものかわからない点が最大の問題だった。

だが、秋山は漠然と奈良時代から平安時代にかけてのことではないかという気がしていた。調べれば、その論拠は発見できるはずだと彼は考えていた。

熱田澪はそれに対し、早くとも鎌倉時代の中期という仮説を立てていた。

どちらの可能性が大きいか、話し合って決めなければならないと秋山は思った。歴史というのは証明ができない学問だ。

推察と解釈の学問なのだ。

定石となっている方法論や、踏まなければならない手続きはある程度決まっている。定説もある。

だが、それらは決して絶対のものではない。

もしかすると、保守的な方法論や手続きにこだわるあまり、本質を見誤ることがあるかもしれない——秋山はそう考えていた。それを最小限に食い止めるのは、あらゆる角度からの不断の検証でしかないのだ。

資料をかき集めたあとでの充分な話し合いは大きな成果を期待できた。

ふたりは閉館時間までねばり、きょうの収穫をまとめた。

大学の正門を出るころには、すっかり日が暮れていた。

秋山は澪に言った。

「食事をしながら、レポートの内容について話し合おう」

「そうね……。外だと落ち着いて話もできないわね……。あたしの部屋へ来ない？　何か作るわ」

「困ったな。よこしまなことまで期待しそうだ」

「やれるもんならやってごらんなさい」

澪は先に歩き始めた。

秋山は自分がそういう行動を取れないことをよく自覚していた。澪もそれを知っているのだ。

彼はそんな自分が、少しばかり情けない気がしていた。

新宿中央公園にある熊野神社の鳥居まえは、武術の試合の雰囲気とはおよそかけはなれていた。

テレビ局のハンディ・カメラが二台来ていた。ライティング・スタッフが、小型中継車の発電機からコードを引っ張ってきて、照明のセッティングをしている。

実戦空手界最強の総帥《そうすい》、高田源太郎はダブルの背広姿で立っていた。立っているだけで威圧感があった。

数々の死線をかいくぐってきた人間だけが持つ迫力が、見る者に伝わってくるのだ。

その隣りに、空手の道衣を着た園田三段が立っていた。屋部長篤の相手をした巨漢だ。

彼は明らかに殺気立っていた。

屋部との出来事は、尋常な勝負ではないと考えているのだ。油断というのが武芸者にとってどれだけ恥ずべきことかという自覚がないのだ。

武術家と格闘家の差はそこにあるのかもしれなかった。

そのほか、体格のいい男が五人いた。源空会の師範クラスに違いなかった。

屋部長篤の姿は、そこにはなかった。

約束の七時は過ぎている。

「くそ！　おじけづいたか……」

園田がいら立ちを抑えきれず、吐き出すように言った。

「落ち着きなさい」

高田源太郎が重々しく言った。「武蔵と小次郎の話を思い出すがいい。相手は武蔵を気取っているのだ」

「オス！」

園田が頭を下げた。

そのとき、境内のほうから声が聞こえてきた。

「そうではない」

全員が鳥居のむこうを見た。

屋部長篤の声だった。

「その明かりが気に入らん。勝負の最中に光が眼に入るかもしれん」

姿は見えない。林のなかの闇に潜んでいるのだった。

高田源太郎が、その声の方向に向かって言った。

「ビデオに収めるためだ。君が出した条件は呑んだ。こちらのやりかたにも従ってもらう。照明については、充分に高いところから吊るように言おう。それなら問題はなかろう」

しばらく無言の状態が続いた。

「自分らが探し出して、引っ張って来ましょうか？」

師範のひとりが言った。

「待て……」

高田源太郎は、片手を上げて制した。

鳥居のむこうに、屋部長篤が姿を現した。

「ビデオに収める？」

「そうだ」

高田源太郎はうなずいた。「記録にとどめておくためだ。場合によってはテレビで放映するかもしれない」

屋部長篤は静かに高田源太郎を見ていた。

そちらにライトが向けられた。ハンドカメラのレンズが屋部長篤を狙う。

屋部は咄嗟《とっさ》に眼をかばった。

「よさんか！」

高田源太郎がテレビ局の人間に言った。「ライトが命取りになるかもしれんのだ」

「そんなことってあるんですか？」

ディレクターらしい男が、驚いて言った。

「ある」

高田はうなずいた。「特にこうした夜の戦いでは、眼に神経を使わねばならない。俗に心眼などというが、二本の腕、二本の足、そして、頭突きなど多彩な技を駆使する空手の攻防を決するのは眼だと言っていい」

照明係はライトを消した。

屋部は同じ場所に立ったまま動かない。

高田源太郎は屋部に言った。

「録画することについて不服はあるまいな」

「どうでもいいことだ。試合をしたいのなら早く済ませよう。こちらまで来ていただこう」

園田三段は、下駄を鳴らして鳥居をくぐった。憤怒《ふんぬ》の表情だ。

すぐにテレビカメラが追っかけた。照明係もいっしょだ。

高田源太郎はそのあとに続いた。師範たちは、高田源太郎を取り囲むようにしている。

境内で屋部長篤と園田三段が対峙《たいじ》した。

ふたりの距離は約三メートル。空手家にとっては、互いに安全な距離だ。

高田源太郎がふたりの間に立った。

「屋部長篤くんといったね。君は、わが会派に挑戦してきた。わが源空会は、挑戦者には決して背を向けないことにしている。それなりの覚悟もしている。

君のほうも、この戦いがどんな結果になろうと文句はないということをここで表明してほしい」

ライトが点《とも》った。脚立に乗った照明係が二方から照らしている。カメラが回り始めた。

「無論、どんな結果になろうと文句はない」

屋部長篤は言った。「誰を相手にするときにも俺はそう考えている。むしろ、同じことをそちらにうかがいたい。そこに立っている五人は、いずれも源空会の高段者のかたと見える。園田三段が敗れたとき、その五人を私にけしかけたりしないでいただきたい」

園田が言った。

「ふざけるな！　俺が負けるだと？　源空会オープン・トーナメント大会優勝者のこの俺が？」

「やめるんだ」

高田源太郎は、園田を一喝してから、屋部長篤に向かって言った。「君の心配はもっともだ。だが私が武道家として約束した言葉をもうお忘れか？　門弟には、決して手出しはさせない。そればかりか、君がけがをした場合には、然《しか》るべき治療が受けられるよう、われわれが責任をもって手配しよう」

そう言ってから、高田は園田三段に近づいた。彼は、そっと言った。

「熱くなるんじゃない。屋部は場数を踏んでいるし、肝もすわっている。だが、近代空手のテクニックはその上を行くはずだ。信じて自分のペースで戦え」

「オスッ」

園田三段は頭を下げた。総師からの直々の指示だ。

高田源太郎は次に屋部長篤に近づいた。試合上の注意をしておこうと思ったのだ。

彼は、屋部から一・五メートルほどのところに立ったとき、いきなり鳥肌が立つのを感じた。高田源太郎は立ち止まっていた。思わず屋部長篤の顔をまじまじと見つめた。

彼は屋部の間合いに入ったのに気づいた。まるで白刃を突きつけられたような気分だった。あるいは、居合い抜きの間合いに入ったときの背筋の寒くなる感覚だ。

高田源太郎は、その場で立ち止まったまま屋部に言った。

「いいかね。必要以上に危険な行為と感じたときは、この私が止めに入る。できれば素直に従ってもらいたい」

屋部はうなずいた。

実を言うと高田源太郎は、その場から一刻も早く離れたかった。飛びのきたい衝動を覚えたほどだ。

高田は屋部の実力が想像をはるかに超えていたことを知った。

それを園田に伝えようかとも思ったが、今となっては伝えてどうなるものでもない。高田は、一歩引いて、ふたりを交互に眺めた。

彼は、不安を覚えたがここで試合を中止するわけにはいかなかった。再試合を申し入れたのは源空会の側なのだ。

そして、いくら説明しても、試合を中止しようとする理由は誰にも納得できないだろう。

高田源太郎が屋部長篤の間合いに入ったとき感じた不安感は、他の者にはわからないだろう。たとえ、源空会の師範といえども、だ。

これは、野獣が同類のにおいを嗅《か》いだときの感覚に似ている。

そして、この感覚は、実際に命がけで戦い続けた者だけが身につけることができるのだ。

高田は、園田を信じることにした。自分の会派のチャンピオンに賭けることに決めたのだ。

彼は、双方にファイティングポーズをとるように身振りで指示し、腹に響く声で言った。

「勝負始め！」

園田は、両手を高くかかげ、顔面をガードする構えをとった。

「ウリャア！」

気合いを上げて、徐々に間合いをつめていく。

フルコンタクト系の空手の間合いは一般にたいへん近い。

中段突きの威力を生かすためにはなるべく近づかなければならないのだ。パンチは、腕が伸びきった状態で当たっても効かない。

肘《ひじ》が九十度ほどの角度で拳が相手に届いているのが理想だ。そこから、えぐるように突き込むか、あるいは背面まで衝撃が届くくらいに突き抜くのだ。

そのため、どうしても、間合いの感覚が鈍くなる。

園田は、左膝を上げ下げして、相手をけん制しながら、どんどん近づいていった。

フルコンタクト系でよく使われる上段の回し蹴りも、実は近距離の技なのだ。

近くまで寄って、足の甲ではなく、足首からすねのあたりを相手の側頭か首筋に叩き込む――そうでなければＫＯは望めない。

屋部長篤は、わずかに左足を引いて半身になっている。

ただひっそりと立っているだけに見える。

だがそうではなかった。ほんの一センチ、あるいはミリ単位で間合いを計っているのだ。足指を使って、じりじりと前進や後退を繰り返している。いわゆる『ふくみ足』といわれる間の攻防だ。

屋部は、そのたった一センチの大切さ、おそろしさをよく知っていた。

間はつまり魔であるとよく言われる。

一センチの違いが生死を分けることもある。屋部が生きてきたのは、それほどに厳しい武道の世界だった。

園田は再び気合いを発した。正確に言うと気合いではない。威嚇のために声を張り上げたに過ぎない。

気合いというのは、自分の武器に気を通すために声を出すことを言う。

空手の場合は、拳に気を通すのだ。声を出さなくてもそれは可能だ。その場合は、無声の気合いという。

屋部は一センチ、また一センチと後退していく。

園田の前進が止まった。彼は自分の間合いだけを考えていた。パンチと回し蹴りが届く距離だ。

源空会空手は攻撃的だといわれる。それが世界に進出するのに役に立ったのは確かだ。西欧人たちは、護身のための地味な技を好まない。

だが、それがまた欠点を生むことにもなった。体格と体力だけがものをいう、という傾向が強くなったのだ。

間合いを盗み合うかけひき、また、間や、たった一本の突きが持つ本当のおそろしさなどがおろそかにされているのは否定できない。

もちろん、総帥の高田源太郎はそこまで極めている。だが弟子に伝えるには至っていないのだ。

屋部が初めて、一歩引いた。

園田はここぞとばかりに、ワンツーから回し蹴りへとつないだ。

柔軟でしかも力強い攻撃だった。源空会チャンピオンの風格が確かにある。

だが、屋部が引いたのは誘いだった。

屋部はその場から半歩踏み出し、騎馬立ちになると同時に、縦拳を出していた。

拳は、園田の胸に、カウンターで当たった。ごく軽く当たったたように見えた。

だが、園田はもんどり打って転がった。そのまま大の字に倒れる。

「どうした」

師範のひとりが発破をかけた。「立たんか！」

ちょうど回し蹴りの途中で、軸足だけで立っているときに、カウンターを受けたように見えた。

それでバランスを崩されただけなのだろうと師範たちは思ったのだ。

だが、園田は動こうとしない。

高田源太郎と屋部長篤だけが、何が起こったかを知っていた。

今、屋部の放った一撃――これこそが、鍛錬を極めた空手の突きだ。高田源太郎は思った。

「それまでだ……」

沈痛な声で高田源太郎は言った。

屋部は一礼すると、その場から消え去った。

師範たちが、訳のわからぬ顔で園田に近づいた。

しばらくしてひとりが声を上げた。

「いかん。あばらがめちゃめちゃに折れている！」

9

熱田澪のアパートは、大学から比較的近い。住所は本郷で、後楽園のそばにある。住宅街にある二階建てのアパートで、間取りは一DKだ。

食事を終えると、秋山と澪はビールを飲みながら熱心に話し始めた。

「……やっぱり、いつごろこの話が成立したかということがある程度はっきりしないとな……」

秋山隆幸が言った。「君が、鎌倉中期にこだわる理由がわからないな……」

「武術に関係する伝説だからよ」

澪は言った。「武術が成立するのは、多くは室町時代が終わり、戦国時代に入ってからだわ。流派の多くはさらに時代を下り、江戸時代に成立、あるいは発展している」

「それはわかる。江戸時代に成立した武術は確かにたくさんある。まず剣術では柳生新陰《やぎゅうしんかげ》

流、二天一流、小野派一刀流《おのはいっとう》、北辰一刀流《ほくしん》、天然理心流、槍術《そうじゅつ》では、尾張貫流《おわりかん》、宝蔵院《ほうぞういん》流高田派《たかだ》、そして、伯耆流《ほうき》居合術、神道夢想流杖術《しんとうむそうじょうじゅつ》……。

武器を使わない柔術や体術では、長尾流、天神真楊流《てんしんしんよう》などがあるな……。

徳川以前に成立したものとなると、剣術では鹿島新当流《かしましんとう》、鞍馬流《くらま》、卜伝流《ぼくでん》、示現流《じげん》など……。

柔術、体術では竹内流、荒木流、諸賞流《しょしょう》などがある……」

「驚いた……」

澪は目を丸くした。「詳しいのね……」

「趣味だからな……。それに、レポートに必要だと思って、最近知識を整理してみたんだ」

「あたしはそこまで具体的には言えないけれど、徳川以前の成立と言っても、おそらくは戦国時代が主なのでしょう？　つまり、武術が体系化されるには、かなり時間が必要だと思うの。武技というのはつまりは、武士の能力よ。武士の能力がクローズアップされる時代は、何といっても源平の合戦ということになるわけよね。

合戦で功成り名を遂げた人が、自分の武術を人に教えるようになり、それが流派として成長するのは、鎌倉幕府ができてしばらくのことだと考えたわけよ」

「うん……。確かにそういう流派は多い。柔術や拳法などの体術に限っていえば、諸賞流や大東流合気柔術などがそれにあてはまるな……。

源頼朝が朝廷の勅使をもてなすために、角力会《すもうえ》を催した。その会に、各地の強者《つわもの》どもが集まったわけだ。そのなかに、ずいぶんと小柄な男がいた。その名を毛利宇平太《うへいた》国友といった。この男が、実に強い。頼朝をはじめ、諸侯が大いに賞賛したという。それ以来、この毛利宇平太国友は、『諸賞流』を名乗るようになったということだ」

「ダイトウ……なんとかは……?」

「大東流合気柔術。この柔術は、清和天皇の子孫、源義光を祖として代々源氏に伝わってきたと言われている。さらに詳しく言えば、甲斐《かい》武田家に伝わったものだ。

天正《てんしょう》二年に武田国継が会津に移り住み、以後は会津藩の御止め技として伝承されたんだ」

「御止め技?」

「門外不出の秘伝ということさ」

「あたしはつまり、日本の武芸の発展のきっかけを源平の合戦に置いたわけよ」

「なるほど……。確かに、素手の格闘技が柔術と呼ばれるようになったのは、室町時代だと言われている」

「それは知っているわ。私の説はその点も考慮に入れているの。つまり、室町時代になると、素手の格闘術を包括して名前をつけるくらい一般化してくるのよ。でも、それ以前にも拳法や体術はあった……。これは確かね。ところが、それほど昔からあったわけではない。つまり、ある人物が一門を構えて、弟子に技を伝えるようになるのは、きっと源平の合戦の後、鎌倉幕府の時代まで待たなければならなかったと思うの」

「うなずけなくはない……。だが、僕は違う考えかたをしている」

「聞かせて……」

「まず、おおまかな話をさせてくれ。日本の柔術や拳法の歴史は、剣術をはじめとする他の武術よりも古い。こう言うと、意外な感じがするかもしれないが、考えてみればごく自然のことなんだ。

　人間は武器を使う歴史よりも、素手で戦う歴史を長く持っている。時間的に言っても、また人口の上から言ってもそうだ。猿から人間に進化し、人が銅器や鉄器を発明する以前は、長い間、素手の戦いが続いていたのだ。せいぜい、棍棒《こんぼう》が使われた程度だったろう。

銅器や鉄器の時代になっても、そういう金属で作った武器を持てる人間はごく限られていたはずだ。

素手の戦いの歴史はずっと続くわけだ」

「待ってよ。話がずれてやしない？　今、私たちは、武道や武芸の話をしているのよ。武術がひとつの系統として成立していく時代に注目すべきだと思うわ」

「いや、現代では武術が特別なものと見なされる傾向がある。だから、そういった錯覚を起こすんだ。武道というと、袴《はかま》をつけて、形式にのっとって型を演ずるというイメージがどこかにある。

だが、成立する時点では、そんなものではなかったはずだ。人々の生活のなかから発生し特殊技術として発展していったはずなんだ。だから、こういう文化史的な一面を無視はできない」

「わかったわ。ごめんなさい。続けて――」

「素手による格闘の歴史が剣術の成立より古いというのは、日本書紀や古事記を見てもある程度のことはわかる。日本書紀にはすでに拳法を含む体術のことが記録されている。野見宿禰《のみのすくね》と当麻蹶速《たいまのけはや》の戦いだ。ふたりが戦うことになったのは、垂仁天皇《すいにん》の意向によるものだ。当麻蹶速というのは、当麻邑《むら》に住む勇者だったと言われる。日本書紀には、この男は『能《よ》く角《つの》を毀《か》き、鉤《かぎ》を申《の》ぶ』と記されている」

「何のこと、それ」

「単純に解釈すると、動物の角をへし折り、鉤状の鉄をまっすぐにしてしまうほどの怪力の持ち主ということになる。だが、東西の武術に通じている人が見ると、違ってくる。角というのは、捽角《そっかく》、あるいは角抵という武術だ。北方ツングース系の遊牧民が最も得意とした格闘技だ。

藤原氏は、この捽角、あるいは角抵のなかから危険な突き技、蹴り技などを禁じた。その結果生まれたのが、相撲だ。相撲のことを角力といったり、あの世界を角界と呼んだりするのはそのせいだ。

そして、鉤というのは、薙刀《なぎなた》のように、柄に大きな刀をつけた武器だ。これも中国北方の武器だ。

つまり、当麻蹶速は、北方ツングース系の格闘技と武器に長じていたのだ。おそらく渡来人だろう。住んでいたのは当麻邑というから、今の奈良県当麻町のあたりだ。ここは、朝廷からは目と鼻の先だ。きっと垂仁天皇は、その武力におそれを感じたのだ。そこで、誰か蹶速に勝てる者はいないか、ということになる。ひとりの家臣が歩み出て、垂仁天皇にこう告げる。『出雲《いずも》の国に、野見宿禰という者がおり、その者なら、きっと当麻蹶速に勝てるでしょう』」

「野見宿禰って、土師《はじ》氏の祖とされている人間でしょう？　殉死する人々を見て忍びないと言って、代わりに埴輪《はにわ》を焼いて墳墓に埋めることにしたというので有名よね」

「そう。そして、この野見宿禰は、天穂日命《あめのほひのみこと》の第十四代の子孫だと続日本紀《しょくにほんぎ》や新撰姓氏録《しんせんしょうじろく》に書かれている」

「天穂日命といったら、国譲伝説に出て来る高天原《たかまがはら》系の神ね。大国主命《おおくにぬしのみこと》が治める出雲を攻略に出むいたけれど、大国主に懐柔され、その地に住みついてしまった……」

「そう。……で、野見宿禰と当麻蹶速の戦いだが……」

「どっちが勝ったの？」

「野見宿禰さ。だから土師伝説が生まれたんだ」

「そうか」

「その決闘がなかなか興味深い。原文によると確かこうだ。『二人相対《あいむか》ひて立《たつ》。各《おのおの》、足を挙《あ》げて相蹶《あいけ》む。則《すなは》ち、当麻蹶速の脇骨を蹶《け》り折《さ》く。亦《また》、其《そ》の腰を蹈《ふ》み折《くじ》きて殺《ころ》しつ』――

つまり、ふたりは互いに蹴り技を出したのだ。野見宿禰の蹴りが、当麻蹶速の脇腹に炸裂《さくれつ》した。肋骨が折れちまった。蹶速は倒れる。そこへ、野見宿禰は容赦なく腰を蹴り降ろしてとどめを刺すというわけだ」

「すごいわね……」

「この戦いの記述は、武術の専門家や愛好家にはさまざまなことを物語ってくれる。まず、人種的な問題だ。素手の格闘技で、足技が発達するのは、騎馬民族や狩猟民族の特徴なんだ。

このふたりは、手技は使わず、すべて蹴りで戦っている。つまり、日本古来の農耕民族ではなく、大陸から渡ってきた狩猟民族、あるいは騎馬民族の子孫だということが考えられる。

当麻蹶速は角抵や鉤刀に長じていたと記されている。これらは北方ツングース系の武術だ。つまり、蹶速は後漢の時代に領土を追われた匈奴《きょうど》の子孫ではないかと考えられている」

「一方、野見宿禰のほうは天照《あまてらす》系――つまり大陸系の天穂日命の子孫だというのだから、やはり、土着の農耕民ではないわけよね……」

「こちらも蹴り技を使っているしな……。野見宿禰も騎馬民族、あるいは狩猟・遊牧民族系統だろう。だから、もっと広げて言うと、漢民族でもない」

「そこまではわかったわ。つまり、日本の拳法の歴史は思ったよりずっと古く、記紀に記されている時代までさかのぼる、と……」

「もうひとつ重要なことがある。記紀に記された拳法が、いずれも狩猟民族・遊牧民族系の武術だったということだ。これは、当時、それらの拳法がさかんに行なわれていたことを意味しているかもしれない」

「それは飛躍しすぎだわ」

「どうしてだ？　当麻蹶速は大和《やまと》に住み、野見宿禰は出雲に住んでいた。なのに、双方同じように蹴りで戦ったんだ。これは、偶然ではなく、同じような格闘技がかなり広範囲に行なわれていたことを物語っている証拠だと思うが。

　それに、さっきも言ったが、この捽角、あるいは角抵という北方ツングース系の格闘技があまりに危険だということで、平安時代に藤原氏が禁じ手を作った。その禁じ手のなかに蹴り、突きなどがあったそうだ。そして、生まれたのが相撲だ。

　つまり、藤原氏が危機感を感じるほど、角抵は一般に広まっていた——あるいは、諸侯の間でさかんに行なわれていた――そういうふうに考えても不自然じゃない」

「そうね……」

「そうした時代、諸侯――つまり名だたる氏《うじ》たちは、競って腕の立つ人物を徴用したのではないだろうか？　そして、それは、当時の状況から見れば民族ぐるみの徴用だったはずだ」

「平安時代の話？　そうね。当時の京の都は一大国際都市だったようですからね」

「僕は、君の家やわが家に伝わる伝説が生まれたのは、その時代だと思う。つまり、さまざまな大陸文化が持ち込まれ花開いたのと同様、拳法が立身出世に直接役立った時代――拳法家にとっても花の時代だったんだよ」

「ふうん……。でも、いまいち、説得力に欠けるわね……」

「僕の論拠はまだある」

「なあに？」

「犬だよ」

「犬がどうしたのよ」

「君の家に伝わる伝説をもう一度話してくれないか？」

澪はあきれたように秋山の顔を見ていたが、やがて話し始めた。
「いいから」
「今さら、何よ」
「あたしの先祖に、熱田宗覚《あつたそうがく》という名の武術家がいたの。いつの時代の人かはわからないわ——今、これが問題になっているのよね——そのご先祖はある日、高貴な人が飼っている犬から奇妙な拳法を教わるの。以来、宗覚は無敵の人となるわけ。

宗覚は年老いたとき、自分の技が悪用されるのを恐れたのね。それくらいに強力な拳法だったわけ。内に向ければ国を滅ぼし、外に向ければ、国のいかなる危機をも救うと言われるくらい……。

それで熱田宗覚は、特に人格の秀でた三人を選び、自分の技を三つに分け、それぞれ別々に伝えたの。その後、三人はおのおの自分が習った技を伝えていくわけね。

その三派がひとつになったとき、国の危機を救える力が再び得られるといわれている。また、国が危機に瀕《ひん》したとき、天はその三派を集めるといわれている、というわけ」

秋山はうなずいた。
「僕の家では、代々拳法を伝えられるのだが、そのときに、その拳法の由来を聞かされるわけだ。

わが家の先祖はある高貴な家につかえ、多くの犬の世話をしていた。あるとき、たいへん賢い顔をした犬が、いつも世話になっている礼がしたいと申し出た。

わが家の先祖は喜んでそれを受けようと言った。その賢そうな犬は、こう言ったという。

『私は誰も破ることのできない強力な武術を身につけている。これを伝授したいが、そうすると、あなたの国に、わが犬の国が滅ぼされてしまうおそれがある。だから、三分の一だけ、お教えしましょう』

それから先祖は、その犬に夜な夜な武術を習った。ある村人がその様子を見たら、ふたりとも顔は犬で体は人間という『犬神』の姿をしていた、という。だから、この拳法のことは他人には絶対に話してはならない——これがわが家の伝説だ」

「何度も話し合ったことだけれど、共通点がいくつかあるわ。まず、第一に犬よね。両方とも犬から拳法を習っていることになっている。犬から拳法を学ぶなんて、妙よね……。

第二は、その犬が高貴な人に飼われているということ。そして、第三は、技が三分の一ずつに分けられたということ。私の先祖、熱田宗覚は犬から拳法を学び、自分でそれを三つに分けて伝えた。あなたの先祖は犬から三分の一だけ技を学んだ——その違いはあるけれど……」

「これだけ共通点があるということは、同じ事実が語られているのだと考えていいと思う。……で、この話のキーポイントは、『高貴な人に飼われ、強力無比の拳法を身につけた犬』だ。これ、何のことだと思う？」

「犬は犬でしょう？」

「犬が口をきいたり、恩返しに拳法教えたりするか？」

「伝説やおとぎ話ではよくあることよ。カメとウサギは話ができる？」

「そんなことじゃ民族学者にゃなれない。動物は象徴だよ」

「犬を象徴とする民族が日本にいたということなの？」

「そう」

「その民族は拳法に長《た》けていたというわけ？」

「そうであっても不思議はないと僕は思っている」

「いったい何の話をしているの？」

「わからないかい？　隼人《はやと》族だよ」

「ハヤト……。あ……」

「そう。南九州の土着民族といわれている隼人族だ。思い出してみるといい。隼人族の特徴を」

「まず、顔に赤土を塗って化粧をする。そして、犬のような吠《ほ》え声を発する。そして、『延喜式《えんぎしき》』の『隼人司条』によれば、隼人は大和朝廷に仕えて、宮廷警護の役割を負っていたとあるわ」

「そう。その『延喜式』には、隼人は天皇の即位にあたって、宮人を吠え声によって案内し、また、天皇の遠路の外出にあっては、道案内をつとめ、道の曲がり角でやはり吠え声を為した、と記されている。『万葉集』にも、この隼人の風習を誦《よ》んだ歌がある。『隼人《はやひと》の名に負う夜声《よごえ》いちしろく、わが名は告《の》りつ妻とたのませ』……」

「……つまり、こういうこと？　私の先祖の熱田宗覚は、宮廷を警護していた隼人族の人から拳法を学んだというわけ？」

「そうだと思う。わが家に伝わる伝説は、おそらく、その点を省略したのだ。語り継がれるうちに、天才的拳法家であったはずの熱田宗覚の存在は忘れ去られ、『犬神伝説』のほうに重点が置かれるようになっていったのだと思う」

「なるほど……。だとすれば、時代的には私の説よりかなりさかのぼることになるわね」

「そう。『高貴な人に飼われている犬』——つまり、朝廷の警護に隼人が活躍していた時代だ。隼人が大和朝廷に服従していたという記録は古い。『日本書紀』によれば『海幸・山幸』の話にまでさかのぼる。

最終的には、海幸、つまりホスセリが、山幸、つまりホホデミに服従するわけだが、『日本書紀』には、この海幸《ホスセリ》は隼人の祖であると書かれてある。これは大和民族と隼人民族の関係を書いているに違いない」

「ずいぶん時間的な幅が広がるわね。神話時代から平安時代まで、ということかしら？」

「僕は平安の初期まで、と考えている。平安時代中期からは、すべて藤原氏一色になる。藤原氏の出自は漢民族だと言われている。漢民族は犬を蔑視《べっし》するんだ。

そして、伝説が生まれたのは、やはり、かなり後の時代で、ずばり言うと、奈良時代から平安時代に至る間と考えている。この伝説から、ほのぼのとした異民族間の交流が感じ取れるからね。僕や君の祖先は、おそらく隼人から見れば異民族だった。

こうした交流は、支配したりされたりした直後では生まれるべくもない。そして、藤原氏が出るまでは、漢民族ではない実に多くの大陸系、半島系の民族が朝廷に出入りしていたはずなんだ。僕の家や君の家に伝わる伝説——それを生むに最も適した時代だったんだ」

10

シド・フォスターは、すりきれたジーンズのパンツに、ゆったりしたダンガリー・シャツを着ていた。

髪と同じく茶色い不精髭が伸び始めている。

彼は米陸軍が使っている大きな雑嚢《ざつのう》を肩にかけて大久保通りを歩いていた。

すれ違う人の三人にひとりは、日本人ではない——そういう印象を受けた。

西欧人は、アジア人を見分けることができないとよく言われる。一般にはそのとおりだが、シド・フォスターのような男は特別だった。

もともと観察力が異常にすぐれている上、絶えずそれを訓練している。

そして、彼はアジア、中近東、東ヨーロッパ、西ヨーロッパ、ラテンアメリカ——それこそありとあらゆる土地に潜入したことがあった。

彼はビルとビルの間の薄暗い路地へ入って行った。どこからか水が洩《も》れているらしく、路地は濡《ぬ》れていた。

正面にブロックの塀が見えた。

そのむこうは、また別のビルになっている。シド・フォスターは塀の手前を右に折れた。

そこも細い路地だ。日はまったく差さない。

ちょうどビルの裏手にあたる。そこに妙なものができていた。

路地を壁で仕切ってある。さまざまな板やプラスチック板などを釘で打ちつけて作った壁だ。

小さなドアがある。

シド・フォスターはそのドアを開けた。何ともいえないすえた臭いがした。

細長い板が置いてあり、バーカウンターの役目を果たしていた。

そこでは、仕事のない東南アジア系の男でも、したたかに酔えるほどに安い酒が売られているのだ。

もちろん営業許可など得ていない。この細長い路地裏のバーの店主はタイ人だった。

日本にはないアルコール度の高いスピリッツをどこからともなく手に入れてきては、商売をする。

だが、安酒を売るのが本当の商売ではない。一杯十円の酒を売って得られる収入など知れている。

その店主の名は、サリット・ソンクチャイといったが、通り名はチャイだった。いろいろな国の人間がやってくるので、簡単に覚えられる名が必要なのだ。

チャイは、やせこけて頬骨のつき出た中年男だ。眼が大きく、異様にぎらぎらと光る。

若いころにムエタイの選手として日本に来たが、使い捨て同然の扱いを受けた。一度国に帰ったが、公衆の前で日本人のキックボクサーに負けたということで、タイ国内での選手生命を奪われてしまった。

再び日本に舞い戻り、それからは、世のなかの暗部で働くようになった。今では、新大久保界隈《かいわい》の顔役になっている。

チャイは、猜疑心《さいぎしん》と憎しみがこもったような、独特の鋭い眼でシド・フォスターを見た。

フォスターは、かついでいた雑嚢を地面に降ろした。

若いやせた酔漢が濁った眼でフォスターを見た。彼はチャイが水でアルコール度を適度に加減する得体の知れないスピリッツをあおっているのだ。

客はひとりしかいない。

「店じまいだ。失せろよ」

チャイは、その酔っぱらいに言った。英語だった。酔漢はベトナム人だろうとシド・フォスターは当たりをつけた。

酔っぱらいは、文句も言わず、立ち上がった。足もとがふらつき、フォスターにぶつかりそうになった。

フォスターは、流れるようなしぐさで身をかわした。

酔漢は、ドアにぶつかってから、仕切り板の外へ出て行った。フォスターがドアを閉めた。

「身をかわしたのは正解だ」

チャイが言った。「今の男は腕のいいスリだ」

「あんなに酔ってて仕事になるのか？」

「だいじょうぶさ。日本人てのは、自分の金にあきれるほど無防備だ」

ふたりは英語で会話をしていた。

フォスターは戸口近くに立ったままだった。

「一杯やるか？」

「工業用のエチルアルコールを水でうすめて飲ませているという噂だが？」

「一杯十円の酒を飲む金もない連中が流している噂だ。こいつはサトウキビから作ったちゃんとした蒸留酒だよ」

「やめておく。仕事中は飲まないんだ」

「仕事中ときたね……。では、約束の品を持ってきてくれたのだろうな？」

フォスターは、雑嚢の口を開いて手をつっこんだ。小さな熊のぬいぐるみを取り出す。

彼はフォールディングナイフの刃を起こし、熊のぬいぐるみの腹に突き立てた。詰め物のなかから、ビニールの袋が現れた。

ビニールの袋は三つあった。その中には白い粉がいっぱいに詰まっている。

フォスターはそれをチャイに手渡した。

チャイは、ビニールについているソフト・ファスナーを少し開き、においを嗅ぎ、次に小指に粉をつけてなめた。

「たまげたな……。本物のコークだ……」

「俺は約束は守るんだ」

さらに、シド・フォスターはポリエチレンの壜《びん》を取り出した。白く不透明のポリエチレン容器で、医療機関で使われているものだ。

なかにはカプセルが入っている。

フォスターはそのひとつをつまみ出し、チャイに言った。

「試してみるか？」

「エクスタシーか……」

フォスターはうなずいた。

エクスタシーは新型麻薬の別名だ。一般にはＭＤＭＡと呼ばれている。

もともとは、精神治療薬だった。アメリカで一九一四年に、食欲抑制薬として開発されたが市場には出されず、一九七〇年代になって精神治療の補助薬として使われ始めたのだ。

一九八〇年代になると、ＭＤＭＡは、アメリカの大学生の間で気晴らし薬として使用され、次第に流行していった。

この薬は、交感神経を刺激し、恍惚《こうこつ》感をもたらす。さらに幻覚作用もあると言われている。

「いや……」

チャイは首を振った。「俺は自分ではやらないんだ」

シド・フォスターはカプセルを壜のなかに戻した。その壜をカウンター代わりの板の上に置いた。

チャイは、足もとから汚れたスポーツバッグを持ち上げて、ＭＤＭＡの壜の横に、無造作に置いた。

「開けて調べるといい。バッグは置いていってくれ」

シド・フォスターは言われたとおりにした。バッグのなかには、くしゃくしゃの一万円札が乱雑に詰まっていた。

「数えていくかい？」

チャイが笑った。歯が白く光った。自分は麻薬をやらないという言葉は嘘ではなさそうだとフォスターは思った。

「冗談だろう」

彼は言った。「取り引きの現場にぐずぐずしているばかはいない。あとで数えて、もし約束より少なかったら、世界中どこにいても探し出して、不心得者たちへの見せしめにしてやる」

「そう……。あんたならやるだろうな……」

フォスターは、一万円札を鷲《わし》づかみにしては、雑嚢へ移した。すべての金を収めると、シド・フォスターは、仕切り板についているドアを細く開けて外の様子をうかがった。

「しかし……」

チャイが低い声で言った。「あんたは、こんな上等な品を、いったいどこから持ち込んで来るんだ？」

シド・フォスターはゆっくりと振り返った。チャイが油断のない眼差しでフォスターを見ていた。

フォスターも無言でチャイを見返した。

チャイは、見かけはくたびれてやつれた中年男だが、実際はまったく違う。シド・フォスターはそのことをよく知っていた。

(チャイをなめてかかると大けがをすることになる)

フォスターは、そのことを肝に銘じていた。

先に眼をそらしたのはチャイのほうだった。

彼はカウンターの下にＭＤＭＡの壜をしまい、薄笑いを浮かべると言った。

「ま、そんなことはどうでもいい。あんたのおかげで、生まれて初めてこんなにいい商売がでているんだからな」

シド・フォスターは、チャイを見すえたまま、ゆっくりとドアの外に出た。

ジョン・カミングスは、ホルスト・マイヤー老人に変装して、同じくスティーヴ・フェローと名乗っているマーヴィン・スコットと待ち合わせをしていた。

場所はまえと同じ新宿ヒルトン・ホテルのカフェだった。

カミングスのほうが早く着いていた。約束の時間より常に五分早くやってくるのがカミングスの習慣だった。

マーヴィン・スコットは、大きめのアタッシェ・ケースを手に現れ、ふたりは笑顔で握手を交した。

ビジネスマンたちが再び商談のために会ったという演技だ。

「急な呼び出しだな」

カミングスが言った。「いったい何が起こったんだ？」

「台湾マフィアとコンタクトが取れた」

「ほう……」

カミングスは目を細めた。西欧人が猜疑心を抱いたときの表情だ。「事情を詳しく説明してもらおうか？」

「新宿の歌舞伎町を中心に、台湾マフィアがどんどん進出してきている。二大勢力は千《チエン》華幇《ホアバン》と虹玉幇《ホンユウバン》というギャング組織だ。

彼らは日本のヤクザのように企業との関係があるわけではないから、きわめて荒っぽい。私は、虹玉幇の日本におけるボスと渡りをつけることに成功した」

「それで……」

「ビジネスの話をしてくるんだ。君は虹玉幇のアジトへ行って商談を成立させてくれ」

「待ってくれ。どんなビジネスだ？」

「ギャング相手に仕事をするんだ。わかるだろう？」

「武器に麻薬、女……。そういったところか？」

「そのものずばりだ。武器は米軍から手に入れられる。くすねる訳ではない。オフィシャルに政府の予算で供与されるんだ。それが台湾マフィアに流れる……」

マーヴィン・スコットはおかしそうに笑った。

カミングスは笑わなかった。彼は尋ねた。

「麻薬と女は？」

「麻薬はＣＩＡが手配する。すでにシドは、ＣＩＡから渡された薬を、ばらまき始めているころだ。

その麻薬のなかには幻覚剤も含まれている。われわれが最新の強力な武器を流していけば、新宿周辺の犯罪率は一気にはね上がるだろう。女については特別なルートは今のところ、ない。だが、フィリピン、台湾、中国、タイあたりから、わんさと日本に入ってくる。地方から東京へ出てくる日本の若い女性も利用できる」

「そういったことは、あんたの専門だろう。俺にはあまり似合いの仕事とは言えんな……」

「三人でこの大東京をひっかき回そうというんだ。あまり呑気《のんき》なことは言ってられないさ。みんなオールマイティでやってもらわなくちゃな……」

カミングスは肩をすぼめて見せた。

曖昧《あいまい》な表現だが、スコットは了解の合図と受け取った。

「君はこいつを持って、虹玉幇の崔烈《ツェイ・レイ》という男に会いに行くんだ」

スコットは、大きめのアタッシェ・ケースを右手で軽く叩いた。

「商品のサンプルというわけか？」

「そう。数は、無制限というわけにはいかないが、ある程度まとまった数を手配できる」

「ある程度まとまった数というのは？」

「そうだな……。拳銃で百挺、自動小銃になると三、四十挺というところだな……」

「ベトナム時代の補給より気前がいい気がするが……」

「肝に銘じておけ。こいつはベトナム以上の戦争なのかもしれん」

スコットは、小さな紙きれをカミングスに渡した。住所が書いてあった。

「そっちはどうするんだ？」

「しばらく様子を見てから動く。裏の世界では、おそろしく早く噂が伝わる。アメリカ人が虹玉幇に武器を売ったという話は、どんなに注意深く事を運んでも、いずれ千華幇の連中に知られてしまう。その頃合を見はからって今度は千華幇と連絡を取るんだ。千華幇が、武器を欲しいと素直に言えば売る。あれこれかみついてくるようなら蹴散らす。こちらの交渉は私がやる。虹玉幇がそれまでに壊滅的に打撃を与えているかもしれないしな……」

「そして、台湾マフィアが、アメリカ人の商売人に対してどういう態度を取るか、あらかじめ知ることができるというわけだ」

スコットは、また、にやりと笑った。

「私たちは仲間だぜ。勘ぐるのはよくないな」

「別に勘ぐったわけじゃない。もし、俺があんたなら当然そうする。気にすることはない。CIAや米軍との交渉は、今のところ、あんたを通じてするしかないんだ。あんたの言うことは聞くよ。それに、あんたは諜報《ちょうほう》戦のプロだということだしな」

スコットは、アタッシェ・ケースをカミングスに差し出した。

「滅多なところで開けるな。どこに眼があるかわからんからな……」

カミングスは無駄なことは言わず、うなずいただけだった。

ふたりは立ち上がって握手を交した。スコットが先にカフェを出て行った。

カミングスは、アタッシェ・ケースを持ち上げてみた。思ったより重かった。中味を確認する必要があった。

彼は老人の動作でカフェを出て、トイレへ行った。個室のドアを閉めると、便座の蓋の上にアタッシェ・ケースを置き、開いた。

カミングスはうなった。

なかには、米国内の多くの州でも所持が禁止されている自動小銃が分解されて収まっていた。

コルト9ミリSMGだ。ベトナム戦争で活躍したM16をもとに、ピストル弾を使用するサブマシンガン・タイプとして改良された銃だ。

M16よりもずっと銃身が短く、テロリスト向きの銃だ。

それとは別に、布に包まれたものがあった。カミングスにとっては馴染《なじ》みの深い型をしていて、すぐにオートマチックの拳銃だということがわかった。

新品のベレッタM92Fだ。アメリカ軍の制式銃だ。遊底《スライド》が大きくカットしてあり、バレルの先が少し前に突き出した独特の型をしている。9ミリ×19の弾を使う。

「ベレッタが百挺に、コルト・サブマシンガンが四十挺だって……?」

カミングスはかぶりを振った。「東京中が血まみれになるぞ……」

彼は、念のために水を流して個室を出た。怪しまれる態度は極力つつしまねばならない。

白髪に茶色の眼のホルスト・マイヤー老人になりすましたカミングスは、とぼとぼとした足取りでホテルを出て、スコットが寄こした住所を目指した。

急ぐことはないから、ゆっくりと歩いて行こう——カミングスは思った。彼は毎日、地図を睨《にら》んでいたので、新宿、渋谷、銀座、池袋といった主だった盛り場の地理は、おおむね頭に入っていた。

カミングスは、老人の足取りで、西新宿から、歌舞伎町方面へやってきた。

区役所通りをまっすぐ新大久保方面に歩く。左手にバッティングセンターが見えてきた。

その手前を左に曲がる。細長いマンションのまえでカミングスは立ち止まった。

彼はエレベーターを探した。

ひどく古い、小さなマンションで、階段のすぐそばに一基だけエレベーターがあった。

ボタンの文字はこすれて消えかかっている。

三階の階床ボタンを押すと、ひどくゆっくりと昇り始めた。

三階で止まり、エレベーターの扉が開いたとたん、カミングスはある種の雰囲気を感じた。

彼にとっては珍しくもない雰囲気だが、だからといって好きになれるものでもない。暴力を専門とする人間たちが集まったときの危険なにおいだ。

各階に部屋はひとつずつしかないようだった。

エレベーター・ホールと階段の踊り場を兼ねた狭いスペースに、三人の男がたむろしていた。

中国人だ。台湾マフィア・虹玉幇の構成員に違いなかった。半袖《はんそで》のシャツを着ているが、刺青《いれずみ》をしているのがわかった。

三人はひどく凶悪な眼でカミングスを見た。

三人は、狭いスペースにしゃがみ込んで煙草を吸っていたが、ゆっくりと立ち上がった。彼らは威嚇する眼つきでカミングスを見つめていた。

カミングスは注意深くエレベーターを降りた。三人の中国人は何も言わない。カミングスの言葉を待っているのだ。

カミングスは英語で言った。

「商売の話で来た。あんたたちの得になる話だ。崔烈さんにお会いしたい」

三人は何も言わない。

「聞こえないのか？　それとも英語がわからないのか？」

カミングスは、北京語で言い、さきほどの言葉も北京語で繰り返した。

ひとりが北京語でこたえた。

「英語だってわかるさ。だが、話は聞く必要はない。崔烈さんに会いたいだって？　寝言を言うな」

「俺が何を持ってきたのか、知ろうともしないのか？　愚か者めが……」

うしろにいた男が、いきなり歩を進めて、平撃《へいげき》を見舞った。平撃というのは日本語では正拳突きのことだ。その男は、縦拳を使った。

カミングスは、その攻撃をかわそうとはしなかった。相手の拳にそって、自分のパンチを繰り出した。彼の腕が相手の攻撃をそらしていく。

パンチは理想的なカウンターで相手の顔面にヒットした。

最小限の力で最大限の効果を得る方法だった。相手の男は、そのまま、膝を折って崩れるように倒れた。

残ったふたりが警戒心を露《あら》わにした。

「年寄りに乱暴なまねをすると、神罰が下る。肝に銘じておけ……」

「何者だ、きさま」

台湾人のひとりが言った。

「ジョン・カミングス。崔烈にそう伝えるんだ」

ふたりは顔を見合った。どうしたらいいか迷っているのだ。

そのとき、彼らのうしろからドアが十センチばかり開いた。

「ジョン・カミングスだと?」

ドアはゆっくり開いていった。小柄な男が立っていた。髪をオールバックになでつけ、口髭を生やしている。「本当だとしたら、会う価値があるな。この私が崔烈だ」

11

部屋は二DKだった。

ダイニング・キッチンに、事務用のスチール・デスクが三つ置かれている。

部屋の両側にドアがあるが、そのドアのむこうがどうなっているかは、カミングスにはわからない。

ひとつのスチール・デスクは両袖《そで》で、革張りの背もたれの高い椅子がついていた。崔烈はその椅子にすわった。

オールバックに口髭――ギャングのプロトタイプだとカミングスは思った。時代がかった典型ではあるが――。

崔は言った。

「ジョン・カミングスという名は知っている。俺が知っているジョン・カミングスが持ってきた話なら聞く価値はある。しかし——」

彼は首を振った。「俺の知っているカミングスは、もっと若い。他人の名を騙《かた》るのは感心しない」

崔烈は大物を気取っている。いや、実際に大物なのかもしれない。ひどく冷酷な眼をしている。手下たちは残らず彼をおそれているようだ。

「本人だよ」

カミングスは、老人らしいしかめ面をやめ、丸めていた背を伸ばした。劇的な効果をもたらした。

ホルスト・マイヤー老人はたちまち姿を消し、たくましく、自信に満ちた男が現れた。

さらにカミングスは、人差指と親指で、自分の髪をつまんで引っぱった。そして、その指を見せた。指には、銀粉を混ぜたグリースがついていた。

茶色のコンタクトレンズだけは外さなかった。どんな場合でも秘密は残しておきたい。

「こいつは驚いたな……」

崔がにやにやと笑いながら言った。「魔法のようだ」

「諜報戦のプロの基本だよ。変装はメーキャップで決まるのではない。しぐさで決まるのだよ」

「本物のジョン・カミングスと考えて間違いないようだ」

彼は背もたれに体をあずけたまま言った。

「それで、この崔に何の用だ?」

カミングスは、もう一度魔法を披露した。崔やその手下たちにはそうとしか思えなかった。

カミングスの手が一瞬、スーツの下に隠れたと思うと、次の瞬間には、その手にS&W・M5906自動拳銃が握られていた。

崔の顔色が変わった。

「何のまねだ……?」

「中国人は礼儀を重んずると思っていたが、あんたの態度を見ると、とてもそうは思えない。西洋かぶれの日本人のように見えるぞ。本物の崔烈とは思えないな……」

崔烈は、背もたれに身を投げ出したままだった。

手下が動こうとした。カミングスは素早く撃鉄を起こした。

「手下の教育もいきとどいていないように見える。ボスの身を案ずることも忘れがちなようだ……」

「誰も動くな……」

崔が言って、身をゆっくりとまえに乗り出してきた。「ミスタ・カミングス。あんたの名に比べれば、俺は有名じゃない。世界中の裏の世界であんたの名は知られている。俺の名を知っている者はほとんどいない。

だがな、虹玉幇《ホンユウパン》の名は世界でも有名だ。俺は虹玉幇の日本組織の責任者、崔烈だ。俺はこれ以上何も説明しないし、証明する気もない」

崔烈の度胸は本物だった。

得体の知れない相手に銃を向けられて、これだけのことを言ってのけられる人間はそう多くはない。

カミングスはM5906の撃鉄をゆっくりと下ろして、安全装置をかけた。

崔が小さく吐息を洩《も》らしたのがわかった。

カミングスが拳銃をヒップホルスターにしまう。

崔が立ち上がって言った。

「中国人は礼儀を重んずるとあんたは言った。そのとおりだ。だが、それも相手による。客は丁重にもてなすが、客と認めない者に礼儀を尽くす理由はない。そして、俺はまだあんたを客として認めていない」

カミングスは黙って一歩近づいた。

それだけで、室内の空気が鋭利になった。

彼は注意深く崔の手下たちの動きを見守りつつ、スチール・デスクの上にアタッシェ・ケースをのせた。ポケットから鍵を取り出して、さらに、そのケースの上に置く。

「売り物だ。確認してくれ」

「鍵をひねったとたんドカンなんてことはないだろうな」

「自分の命を犠牲にしてまで仕事をする気はない」

崔は鍵を取り、アタッシェ・ケースを開けた。

眼を輝かせた。

「コルトの9ミリ・サブマシンガンじゃないか……」

彼はそれを手に取ってみた。「新品だ……」

崔はまず、コルト・サブマシンガンを組み立て、美術品でも鑑賞するように、眺めていた。次にコックして、引き金を引いてみた。小気味いい金属音が響く。

彼は、それを机の上にそっと置き、もうひとつの荷を取り出した。

布を解いてなかから現れた拳銃を右手に持ち、しばらくそれを眺めていた。

「ベレッタじゃないか……。こいつも新品だ……」

「M92F……。その優秀性を認め、米軍が制式に採用した銃だ」

カミングスが説明した。

崔は、遊底を引き、薬室にカートリッジが入っていないのを確かめて、フィールド・ストリッピングを始めた。

見事な手さばきだった。銃の扱いに精通していることが一目でわかる。カミングスは、心のなかで、この男はなるべく敵に回さずにおこうとつぶやいていた。

「まったく問題ない。……すばらしい」

崔はすっかり銃に心を奪われてしまったようだ。カミングスは知った。この男は単に銃に慣れているだけではない。銃が好きなのだ。

マーヴィン・スコットは、その点まで考慮していたのだろうか？　カミングスは思った。おそらく計算の上だろう——そんな気がした。

崔烈はカミングスを見た。

「それで、何挺くらい手に入るのだ？」

カミングスは肩をすぼめた。

「おそらくは、そちらの望みどおりの数が……。ただし、値段が折り合えば、だがね」

崔烈は銃をアタッシェ・ケースのなかにしまった。

「そいつはサンプルということで、受け取ってもらってもかまわない」

カミングスが言った。「ただし、商談が成立するという前提があってのことだが……」

崔の態度はすっかり軟化していた。

「今からあなたは、私の大切な客人だ。それなりのもてなしをしよう。どうぞ、あちらへ……」

崔烈はドアのひとつを指差した。手下のひとりがさっとドアを開けた。

今いる事務所と、そのドアのむこうの部屋は雲泥の差があった。

そちらの部屋は深い絨毯《じゅうたん》が敷きつめられており、深々としたソファが置かれている。

部屋の隅にはバーがあり、酒壜が並んでいる。

調度はすべて一流品で、おそろしく金がかかっているのがわかる。そして、深いスリットの入ったチャイナ服を着た、象牙《ぞうげ》のような肌の東洋美人がひかえていた。

「なるほど、客としてもてなされるかどうかの違いというのを、今、実感できた気がする」

カミングスが言った。

「ソファでくつろいでくれ」

崔がほほえんだ。「ゆっくりと商談を進めることにしよう」

「自分の会派のチャンピオンが、たった一撃でノックアウトされちまったんだからな……」

麹町《こうじまち》にあるテレビ局の、乱雑な部屋でディレクターが言った。そこは、局舎の裏手にある分室で、スペシャル番組担当班が使っていた。

ディレクターは続けて言った。「オンエアされちゃ困るのは当然だわな……」

スタッフが五人いた。

そのなかのひとりが言った。

「でも、そのチャンピオンを一撃で倒した空手家が映っている。そのビデオを俺たちが持っている……。こいつは使わない手はないんじゃないですか？」

「ばか言え。肖像権を楯《たて》にゴネられて、ヘタすりゃ裁判沙汰《ざた》だぜ。つまり、チャンピオンの園田の肖像権だよ」

「こっちにだって報道の自由ってものがある。『知る権利』だ」

ディレクターはかぶりを振った。

「いや。源空会を怒らせるわけにゃいかん。今後も取材には協力してもらわなければならないんだからな……」

彼らは、源空会を中心に世界の格闘技戦をドキュメントにするという企画で動いていた。

二時間のスペシャル番組枠だ。

突然、別のスタッフが妙な声を上げた。

「あれ……？」

彼は机の上に散らばっていた紙から一枚を拾い上げていた。

「何だよ？」

ディレクターが尋ねた。

「この紙……。屋部長篤の顔じゃないですか、これ……」

池袋署で作った屋部長篤の似顔絵だった。特徴のある風体なので、間違いようがなかった。

ディレクターはその紙を見つめた。

「くそっ！　犯罪者だったのかよ……。これじゃますます使えない……」

「いっそのこと、ふたりの顔にモザイクかけて編集しちゃいましょうか？」

また別のスタッフが言った。

ディレクターは顎をなでた。

「まあ、その手もないとは言えんな……。だが、問題は警察に知らせるべきかどうかということだな……」

似顔絵を見つけたスタッフが言う。

「後でもめると面倒ですよ。知らせたほうがいいと思いますがね……」

「ビデオテープを提出しろ、なんてことになると、それもまた面倒だな。あっさり渡すと世間がうるさい。渡さないと警察の締めつけがきつくなる」

「でも、知らせないで知らんぷりしているより心証はいいと思いますがね……。それから後のことは、局の上の人に考えてもらえばいい」

「そうだな……」

ディレクターは、電話に手を伸ばした。「警察に知らせるまえに、高田源太郎に一報入れておこう。むこうにも、いろいろと都合があろうからな……」

高田源太郎は、電話でテレビ局のディレクターから説明を受け、難しい顔をしていた。

彼は重い口を開いた。

「屋部長篤とうちの園田が試合をした、と警察に知らせるというんだね……?」

「いえ……。そうですね……。もしお望みならば、園田さんのお名前も、源空会の名も隠しておきますが……」

高田源太郎は、情けない思いがした。

(テレビ屋ふぜいに……)

彼は心のなかでつぶやいていた。彼はプライドの高い男だ。テレビ局の人間に妙な気の遣われかたをされるのが我慢ならなかった。

「その必要はない」

高田源太郎は言った。「武道の試合だ。喧嘩をやったわけではない。気遣いは無用だ」

「そうですか……。とりあえず、お知らせまで、と思いまして……。それでは失礼いたします」

ディレクターは電話を切った。

高田源太郎は、受話器を耳にあてたまま、フックを押して電話を切り、内線につないだ。秘書が出た。

高田源太郎は、熊野神社での試合に同行した五人の師範を集めるように命じた。

三分以内に全員が館長室へやってきた。空手衣姿の師範もふたりいた。

高田源太郎は、テレビ局のディレクターが知らせてきたことを説明した。

「私は、若い時分に世界を渡り歩き、命がけで技を磨いた。その経験を踏まえて言うのだが、一度、拳を交えた者は、拳友と呼んでいい。

いいかね。屋部長篤は、正式に私が立ち会って試合をしたのだ。彼もわが源空会の拳友と考えてもらいたい。彼のことについて、いずれ警察がここへやってくるかもしれんが、くれぐれも余計なことは言わんようにしてもらいたい。これは各門弟たちにも徹底しておいてくれ」

五人の師範は頭を下げた。

「オスッ」

テレビ局からの通報により、屋部長篤の捜査の範囲は広げられた。今や、警視庁のすべての警察署、そしてその所轄の派出所に屋部長篤の似顔絵が配られた。

池袋署から麴町のテレビ局に、屋部長篤の顔が映っているビデオを提出するように要請があった。

テレビ局は報道機関の意地を見せた。

屋部長篤の顔はビデオからスチール写真に起こして手渡すが、ビデオそのものは、コピーも含めて渡すことはできないと言明したのだ。

報道機関独自の資料は、捜査資料として利用されることを避けなければならない。

テレビ局から写真を手に入れた警視庁は、再び写真入りの印刷物を各警察署に配布した。

源空会や熊野神社周辺住民の聞き込みも行なわれた。

盛り場での捜査も行なわれた。ホームレスのよく集まる場所のパトロールも強化された。

陳果永は、その雰囲気を敏感に察知していた。店にいるとき、直接、刑事や警らの警官に屋部のことを尋ねられたこともあったし、客同士の会話で耳にしたこともあった。

陳が勤めているような、若い女を大勢置いたクラブには、テレビ局のような職業の客筋が多い。

そして、同じ局でなくても、この業界内の噂というのは、おそろしく早く伝わる。

「沖縄からやってきた屋部長篤という男が、源空会の大会チャンピオンと野試合をやったらしい。その様子をビデオに収めたやつがいるそうだ」

陳は、ある日、そんな話を小耳にはさんだ。バーテンダーという立場では、カウンターから出て行って、詳しく話を聞くわけにもいかない。

せいぜい陳果永は耳を澄ますしかなかった。

それ以上の詳しい話の内容はわからなかった。明らかなのは、屋部長篤の立場がますます悪くなっているということだ。

(俺たちが出会ったのは天命ではなかったのか？)

陳果永は苛立ちを覚えた。(つまらんことで警察の世話になるなど、ばかげている)

陳果永は、屋部長篤が部屋を去ってから、ずっと考え続けていた。

自分にも天から役割を与えてくれる時がやってきたのかもしれない、と。

屋部と出会ったのは、その兆《きざ》しに違いないと思っていたのだ。貧しく辛い生活から抜け出したいがための、願望がこもった思いだったかもしれない。

しかし、陳果永は信じてみようと思った。彼は、すさんだ生活に負けて、精神まで貧しくなるような男ではなかった。

彼が屋部のことを、異常に気にかけているのは、そのせいもあった。

陳果永は、信じているのだ。屋部とは必ずまた会わねばならぬ運命にある、と——。

だが、屋部が監獄にいたのではどうしようもない。自分も同じ監獄に入らねばならないのだ。

(どうにかならないものか……)

陳果永は必死で考えた。

だが、その思いはむなしかった。

屋部は、代々木公園で野宿しているところを見つかり、警察に通報されたのだ。通報したのは、公園の係員だった。彼は、ホームレスが入り込んで野宿しているのだと思い込んだに過ぎなかった。

警官がまず駆けつけて、顔を一目見るなり仰天した。

彼は無線で応援を求めた。

代々木公園の一角はたちまち、ものものしい捕り物の雰囲気となった。

しかし、屋部長篤はまったく抵抗しなかった。

屋部にしてみれば、今までつかまらなかったほうが不思議なくらいだった。

陳果永の言葉を借りれば、警察に捕らわれるのも天命、という気がした。

警官隊は拍子抜けしたが、屋部長篤は、その運命を受け入れたのだ。

これ以上、問題を大きくしてはいけないという考えもあったが、そうした計算より、運を天にまかせたという気持ちが強かった。

そして、見苦しい抵抗など、沖縄ブサーのプライドが許さなかった。

12

陣内平吉は、自分の机の上で、珍しく苦い顔をしていた。

彼は滅多に感情を外に表さない。直属の部下も、その表情がまるで読めないほどだ。

彼は、机の上に積まれた封書の山が不満だった。

それは石倉良一室長が発案し、ほとんど独断で実行したレポートの収集だった。発送先は、政府内外の特殊法人などと関係の深い学識経験者や防衛専門家、政治・経済評論家などだ。

陣内は、その案のすべてが気に入らなかった。

どんな学者や評論家に意見を求めたところで、現在、情報調査室で知り得る以上のことは期待できない。彼はそう信じていた。

さらに、こうした論文依頼の類は役に立たないばかりでなく、危険ですらあり得る。

質問の内容をどんなに遠回しにしても、必ずその裏にある本当の意味を読み取ろうとする連中がいるのだ。

政府が、「仮想の敵国から、ある種の侵略を受けた場合、どう対処し、それを切り抜けるべきか」といった意味合いの論文依頼を発送した——そんな事実をマスコミが知ったらどういうことになるだろう。陣内は考えた。

いや、評論家などのルートから、マスコミがその事実を知るのは必至だ。

陣内はその対処のために、少なからず労力を割かねばならなくなるかもしれないのだ。

陣内はそっと溜め息をついた。いつもの眠たげな半眼に戻っている。

あれこれ考えても仕方がない——彼はそう、決着をつけたのだ。現に、レポートの収集は実行され、目のまえに積まれているのだ。

いまいましいことに、石倉室長はそのレポートを秘密文書扱いにし、陣内に押しつけたのだった。

彼は、ひとつ目の封筒を破り、原稿用紙に書かれた論文を引き出した。熱心に読むふりを始める。

陣内にとっては、自分の職場も演技の場なのだ。

彼はレポートに目を走らせながら、室員や調査官たちのやりとりに耳を澄ましていた。

公安警察、公安調査庁、厚生省麻薬取締官、自衛隊陸幕調査部、そして外務省……。

どこの動向も芳しくなかった。

六本木などで、新種の覚醒剤が出回り始めたという知らせが、すでに陣内のもとに届いている。

警視庁防犯二課や厚生省の麻薬Gメンたちは、その出所をつかめずにいた。

覚醒剤の供給源と、それを売りさばくいわゆるバイ人とは、完全に隔絶されていた。どうしてもつながりが見つからないのだ。

内閣情報調査室や危機管理対策室では、すでにその麻薬が、アメリカのテロリストによってばらまかれていることにうすうす勘づいていた。

陣内は、当たらず触らずといった感じの学者のレポートや、それとはまったく対照的に、取るに足らぬ事実をおおげさな表現で並べ立てる評論家のレポートを次々と読み進めた。

こういう意味のない仕事は、一刻も早く片づけるに限る——彼はそう考えていた。どうせ目新しい事実など発見できるわけはないと決めてかかっていた。陣内ほど用心深い男にしては珍しかった。

急に陣内は眉をひそめた。

流し読みしていたあるレポートを、また最初から読み始めた。

「……ああ？」

思わず陣内は声を出していた。

周囲にいた室員が陣内のほうを見た。

「どうしました、次長」

室員のひとりが尋ねた。

陣内はその室員の顔に眼をやり、ぼんやり眺めていたと思うと、再びレポートを読み始めた。

室員は同僚と顔を見合わせたが、かすかに苦笑しただけで仕事を続けた。

彼らは、今のような陣内の態度に慣れていた。考えごとを始めたときの陣内は、たいていこうだった。

陣内は考え込むほどに奇妙なレポートに出くわしたのだ。

最初、彼はその内容に当惑した。

どう判断していいかまったくわからなくなったのだ。

陣内の判断力は群を抜いている。その彼を、一時的にではあれ、まったく混乱させてしまうレポートがあったのだ。

著者の名は連名になっていた。ひとりは、歴史民族研究所・秋山隆幸、もうひとりは、肩書きなしで、熱田澪――。

レポートのタイトルは『犬神伝説を持つ伝統武術と、国家救済の言い伝え』というものだった。

当然、陣内は何かの冗談だと考えた。

暇をもてあましている人間は、こうしたいたずらにも時間をかけられるのだ――そこまで考えたくらいだった。

しかし、陣内の読解力や洞察力は並の官僚をはるかに超えている。かつての上司である下条泰彦をもしのぐかもしれない。

彼は気がついた。

このレポートは本気で書かれたものだ、と――。

内容が充実していることでは、今回集まったレポートのなかで一番だった。

他のレポートは、さまざまなデータを駆使しているように見えるが、データの整合性を吟味しているものは少ない。

つまり、一言でいえばいいかげんなものばかりなのだ。

『犬神伝説を持つ伝統武術と、国家救済の言い伝え』と題されたレポートは、その点でまったく他のレポートと異質だった。

陣内に言わせれば、唯一、読むに値する内容だった。

しかし、その点が陣内を戸惑わせたのだ。総理府の名で発送された質問の内容は、オブラートに包まれていたとはいえ、きわめて現実的な問題だった。

それに対するこたえとしては、突拍子もない内容ではある。

読めば読むほど陣内はそのレポートの内容に引かれていった。彼は、独特の嗅覚《きゅうかく》を持っており、自分でそれを信頼していた。

彼の感覚はきわめて特殊であり、だからこそ、数々の人生の戦いに、勝ち続けてこられたのだ。

陣内は、そのレポートが気になった。

彼はもちろん現実主義者だ。しかも、本物の現実主義者だ。

見せかけだけの現実主義者は、自分以外のシステムを優先する。しかし、陣内は自分の感覚を大切にするのだ。

そのレポートが心にひっかかるということは、自分にとってどこかで役に立つ可能性がある——陣内はそう考えた。

彼は、他のレポートをさっと読み終えた。やはり気になるのは『犬神伝説を持つ伝統武術と、国家救済の言い伝え』という論文だけだった。

陣内は、近くにいた室員に尋ねた。

「『歴史民族研究所』ってのは何だ？」

部下は、しばし考えていた。思い出したようだった。

「文部省の外郭団体のひとつです」

「主な活動は？」

「論文作成、および論文の評価……。文部省が、今まで特に世話になった学者を集めて作った学術団体のひとつですね」

「要するに、老人の福祉を兼ねているわけだな……」

「次長にしてはひかえめな言いかたですね。そう……。老人ホームみたいなものです」

「そこに、秋山隆幸という男がいるはずだ。その男の素性が知りたい。そして、熱田澪という人物についてもだ。熱田澪という人物は、どこに所属しているかはわからない」

「はい」

室員は手早くメモを取り、即座に電話をかけた。

どんなに重要な仕事の途中であっても、陣内次長の命令は最優先なのだ。内閣情報調査室で働く人間は、みなそのことを心得ていた。

首相、下条泰彦、陣内平吉と続く、強固なラインを知っているからだった。

室員は、電話を切り、すぐさま別のところにかけるという作業を、何度か繰り返した。

十分ほどして、彼は陣内に報告した。

「文部省の担当者に問い合わせたところ、『歴史民族研究所』には、秋山隆幸という人物も熱田澪という人物も所属していませんね」

「いない……？」

「でも、ふたりを見つけましたよ。その研究所の正式な会員で、石坂陽一という大学教授がいるのですが、ふたりは、その石坂陽一の大学の研究室にいます。石坂陽一が担当教授なのでしょう」

「担当教授……。すると、ふたりは若いのかね？」

「秋山隆幸は三十歳。熱田澪は二十四歳ということです」

「その大学は？」

室員は、御茶ノ水にある秋山の母校の名を言った。

「わかった……。ちょっと、危機管理対策室まで行ってくる」

陣内は、秋山と澪が書いたレポートを持って席を立った。

下条泰彦危機管理室長は、陣内から手渡されたレポートを読むうちに、実に複雑な表情になっていった。

「いかがです？」

陣内は、下条が読み終わるのを待って尋ねた。

下条は陣内の顔をまじまじと見つめた。陣内はいつもの表情だ。

「――――」

「情報調査室が総理府の名で送付したレポート依頼に対するこたえです」

「その話は聞いている。石倉くんの発案だそうだな……。困ったものだ……」

「私もそう思います」

「ところで、どうしてこんなものを、わざわざ私のところへ持ってきたのだ?」

「返ってきた論文に対する評価を、私が一任されまして……。どれも取るに足らぬもののように思われましたが、どうもこのレポートだけが引っかかるのです」

「そりゃそうだろう。こんな妙なレポートだからな……。奈良時代から平安初期にかけてのある時期、朝廷警護の任についていた隼人《はやと》族に拳法の達人がいた、と……」

「はい」

「その強力な拳法は三つの派に分けて伝えられたわけだ」

「そう書かれてありますね……」

「その三派が寄り集《つど》えば、どんな国の危機をも救えるという伝説が残っている、と……」

「はい」

「その伝説の祖というのが、熱田宗覚なる人物だ、と……」

「そうです」

「それで、君は私に何を判断しろというのだね？」

「この伝説にある、三派を継承する人物を、危機管理対策室と情報調査室の権限や機能を駆使して探し出そうと思うのですが……」

「気でも違ったのか……。ただの言い伝えに過ぎんだろうが……」

「そのレポートには、事実であると語られています」

「陣内。君は疲れているようだ。確かに、これまで私は、ずいぶん君に助けられてきた。いや、あるときなどは、君に操られているような気さえしたものだ。

とにかく、君がいなければ今の私はなかったかもしれない。君の優秀さはよくわかっている。だが……」

「室長。今はそんな話をしているのではありません」

陣内はまったく無表情に言った。「私の精神状態は正常ですし、疲れてもいません」

「このレポートも、それに対する君の意見も、まともには受け取れんね」

「私も、最初はどうしていいかわからなかったのです。いたずらだと片づけてしまおうかとも思いました。でも、私は、このレポートが冗談で書かれたものだとはどうしても思えなくなってきたのです。それで、室長と確認した第一の原則に従うことにしたのです」

「第一の原則……?」

「われわれは、あらゆる次元でのありとあらゆる手を打たねばならない――その原則です。その原則で、すべてを動かすことに決めたのです」

「もちろん覚えているとも」

「今や私たちは、溺《おぼ》れかかっています。一本の藁《わら》が流れてきても、それにつかまろうとしなければなりません」

「このレポートも、その一本の藁だというわけか?」

「そうです。何かのヒントが含まれているかもしれません。ありとあらゆる手というのは、こうしたことも含めてのことだと、私は考えていますが……」

「だが、しかし……。労力の無駄ではないのか……」

下条の口調は、歯切れが悪くなった。

「そうは思えませんね。無駄はもっとほかにありそうな気がします」

「例えば？」

「ＭＤＭＡ……。この、比較的新しい覚醒剤が、繁華街中心に急速に広がりつつあります」

「知っている。手は打っているつもりだ」

「しかしながら、警察も、厚生省も供給元をつかめずにいます」

「そう……。確かに、われわれには供給元が、ジョン・カミングス、マーヴィン・スコット、シド・フォスター――この三人、あるいは、この三人のいずれかであることはわかっている。だが、確証はない」

「警察やＧメンたちには確認だの物的証拠だのといったものが必要でしょう。だが、忘れないでください。私たちは、犯罪者を摘発しようとしているわけではないのです」

「テロリストは犯罪者だ」

「いいえ、室長。われわれには確証も物的証拠も必要ありません。われわれは、戦争をしかけられているのです。

　今のところ戦火は見えません。宣戦布告もない。しかし、これは経済摩擦に端を発したれっきとした戦争なのです。

アメリカの最も得意とする戦争のやりかたです。ニカラグアのコントラ支援と称する武器および資金援助。パナマへの出兵、フィリピンのクーデター騒ぎの際、武器の多くはCIAから提供されたものでした。

今、アメリカは、そうした謀略戦を日本に挑んできたのです」

「自衛隊の領分だと言いたいのかね?」

「そうではありません。アメリカは、自衛隊が動いたとたんに、国際的な世論を味方につけるでしょう。先に動いたのは日本のように見えるでしょうからね……。彼らの言い草はわかっています。『日本人は再びパール・ハーバーを繰り返した』──。国際的に孤立している日本を弁護する国はまずないでしょうね。以前も申しましたが、それは証券や円の価値に直接響き、日本経済に大きな打撃を与えるでしょう。それも、アメリカの狙いのひとつであることは間違いありません。彼らの狙いは巧妙で、広範囲です」

「それはわかっている。だから、表面には出ない戦いを続けているのだ」

「まだ戦っているとは言えませんね……」

「何だって……」

「まだわれわれは犯罪捜査の域を脱していないということです」

「陣内……。君は……」

「日本は主権を守るために、挑戦を受けて立たねばならないのですよ」

下条は机の上で手の指を組んだまま陣内の顔を見すえていた。

彼は言った。

「その考えは危険ではないのか？」

「どうして危険なのです？　私は、今の状態を維持することのほうがよっぽど危険だと思いますね。このままだと、東京を中心に、多くの犠牲者が出ることになります。今度は、パトカー五台くらいでは済まないでしょう」

「それで、君はどうすべきだと考えているのかね？」

「捜査以外の方針の強化です。私たちが今必要なのは、ジョン・カミングス、マーヴィン・スコット、そしてシド・フォスターに対抗できるプロフェッショナルなのですよ」

「そのヒントが……」

「そう。あのレポートのなかにあるかもしれないのです」

「話はわかった」

下条は、背もたれに身をあずけた。「危機管理対策室も協力体制を整えよう。だが、私はあくまでも、現存の機関の力を信じたい。例えば公安警察、例えば陸幕調査部……」

「それも大切です。何度も言いますが、そういったものも含めて、あらゆる手が必要なのです」

下条はうなずいた。

「まったく、おまえという男は……。こわいものはないのか?」

陣内は平然と言ってのけた。「私ほど臆病な人間はいませんよ」

「ありますとも」

彼は下条の部屋を退出した。

陣内は自分の席に戻ると、すぐに、問題の大学の石坂陽一研究室の電話番号を調べさせた。

電話をすると、若い男が出た。

「そちらに、秋山隆幸さんというかたはおいでですか?」

陣内は尋ねた。

「秋山は私ですが……」

「初めてお電話いたします。私は総理府の陣内という者です」

「総理府の陣内さん……」

「実はあなたと熱田澪さんの連名で書かれたレポートにたいへん興味を引かれまして……」

「あの論文に……？　総理府の人が？　たまげたな……」

「できれば、おふたりにお会いしたいのですが……」

「はあ……、いつがよろしいでしょう」

「できる限り早急に。さしつかえなければ今からでも……」

13

陣内平吉は、石坂研究室のドアをノックした。「どうぞ」という老人の声が聞こえた。

ドアを開けると、正面に、白髪に豊かな白い髭の老人がすわる机があった。

陣内はその老人が誰かに似ていると思った。すぐに思い出した。アインシュタインだ。

「どなたかな？」

老人が言った。

「総理府から参りました陣内と申します。こちらに、秋山隆幸さんと、熱田澪さんがおられるとうかがいまして……」

脇のテーブルで男が立ち上がった。

「私が秋山です」

彼は、老人のほうをてのひらで示して紹介した。「こちらは、われわれの担当の、石坂陽一教授です」

陣内は丁寧に頭を下げた。

「よろしく」

「そして、こちらが熱田澪……。大学院の学生です」

陣内は、その清楚《せいそ》で知的な美人に好感を抱いた。

「陣内と申します。よろしく」

「どうぞ、こちらへ……」

秋山が、テーブルの椅子のひとつを指差した。

澪がお茶を入れに立った。

「失礼します」

陣内は腰をかけた。陣内の位置からは、石坂教授の姿が逆光になった。

彼は、秋山に目を移し、言った。

「あのレポートについて、詳しくうかがいたくてお邪魔した次第なのですが……」

「つまりそれは……」

秋山がちらりと石坂教授のほうを見て言った。「政府のかたが、あの論文を本気にしたということなのですか？」

「そう思っていただいて結構です」

澪が茶を持ってきて、秋山と顔を見合わせた。

陣内が尋ねた。

「あのレポートでは、隼人族に伝わる強力な拳法が、三派に分かれて継承されたと書かれていましたね。ずばりお訊《き》きしますが、その拳法は、現在も伝わっているのですか？」

「ほう……」

石坂教授が言った。「それは、公的な質問ですかな？」

陣内は教授のほうを見た。逆光で表情が読めない。そのために陣内は少々落ち着かない気分になった。

「そうです。公的な質問です。つまり、あのレポートについての補足説明をしていただきたいわけです」

秋山は口を結んだままだった。

「伝わっているはずですわ」

澪が言った。「少なくとも、三派のうちの一派を、私たちは知っています」

「実際にごらんになったことはおありですか？」

陣内は淡々とした口調を保っていた。だが、彼は強く興味を引かれているのだ。

「いえ、まだこの目で見たことはありません。でも、あたしは免許皆伝の人物を知っています」

「その人物に、ぜひともお会いしたいのですが……」

「もう会っておいでですわ」

「は……？」

「そこにいる秋山さんがそうです」

陣内は思わず秋山のほうを見た。秋山は困惑とも取れる苦い表情を浮かべている。

陣内の眼には、秋山が拳法の使い手にはまったく見えなかった。典型的な学究肌の男だった。空手のような拳だこもない。

「本当ですか？」

陣内が言った。秋山は、苦い表情のままうなずいた。

彼は、あの論文が、自分と澪の家に伝わる伝説をもとにしたものであることを話した。

「なるほど……。それらの伝説に歴史的裏付けをした、と……。では、あとの二派も実在すると考えていいわけですね……」

「それはどうですか……」

秋山は首をかしげた。「武術に限らず、伝統というのは、どういう伝わりかたをするか見当もつきません。僕の家に、三派のうちの一派が伝わっているといっても、他の二派が残っているという証明にはなりません」

「他の二派との交流はないのですか？」

「まったくありません」

陣内は、今度は澪のほうを見た。

「お宅のほうではいかがです。ご先祖の熱田宗覚という人物は、いわば三派の祖でいらっしゃる。あなたの家には、残る二派に関する伝承はないのですか?」

「残念ながら、ないのです。三派のうち、一派がわが家に伝わっていてもおかしくないと考え、ある時期、親戚を尋ね歩いたこともありました。しかし、わが家にはその武術は伝えられなかったのです」

「他の二派を探す手立ては……?」

陣内は秋山に尋ねた。

「わかりません……。しかし……」

「しかし……?」

「例えば中国拳法は門派によって、独自の拳礼や開門式という型を始めるまえの構えがあって、たとえ旅先で見知らぬ武術家に出会っても、すぐに同門の者は見分けられるといわれています。

わが家の拳法にも、他の日本武道にはない独特の礼があるのです。それが他の二派にも同様に伝わっている可能性はおおいにあります」

「それはどんな礼です」

秋山は、両手を顔の高さまで上げた。そして、両方の親指を交差させた。さらに、左手の親指を右手で、同様に右手の親指を左手で握り込んだ。拳がぴたりと並んだ恰好《かっこう》になる。

「ほう……。印を結んだみたいだ……」

陣内はつぶやいた。「もし、その礼を知っている武術家がいたら、あなたと同門か、もしくはあとの二派の人間と考えていいのですね？」

「そういうことになりますね」

「陣内さんといわれましたかな？」

石坂教授が言った。

陣内は教授のほうを向いた。あいかわらず逆光だった。教授の声が続いた。

「その拳法の三派を見つけ出して、どうなさるおつもりかな？」

「レポートの裏付けを取っているだけです」

陣内は平然とこたえた。「興味深いレポートでしたからね……」

「それは、内閣情報調査室の陣内次長としてですかな？」

陣内は教授の顔を見つめた。彼は立ち上がり、ゆっくりと教授の表情が見える位置まで移動した。

石坂陽一教授は、ほほえんでいた。

「私のことをご存じでしたか……」

陣内は言った。

「大学の教授をね、単なる学問ばかだけだと思ってはいけませんな……。私は、あなたが三派の拳法を見つけ出そうとする目的についても、だいたい想像がついておりますが……」

「ほう……」

陣内はいつもの眠たげな表情をしている。

「アメリカと戦おうというのでしょう。確かに伝説の三派拳法を用いるというのは、敵の意表をつくかもしれませんな」

陣内はすでに一切の表情を閉ざしている。動揺も警戒心も、もはや表に表さない。

「なぜ、そう思うのですか?」

石坂陽一教授は、あいかわらずほほえみ続けている。

「私も同じようなことを想像したことがあるからですよ。ある人から相談を持ち込まれたときにね……」

「ある人……?」

「高校、大学と同級生でね。不思議とウマが合う。そして、その男は、私の口の固さを知っている」

「いったい誰の話をしているのです？」

「まだわかりませんか？　陣内次長というのは切れ者だと聞いているのですがね……」

「……まさか……」

「そう。内閣総理大臣ですよ。昔からの親友なのです……」

陣内は大きく息を吸い込んだ。

「そうでしたか……。そういうことなら話は早い。そう。教授の言われるとおり、私は、おふたりの書かれたレポートにある拳法の三派を探し出して、戦いに利用しようと考えています」

「ちょっと待ってください」

秋山が驚いて言った。「いったい何の話ですか？」

陣内はしばらく考えてから、アメリカとの謀略戦について話した。

「そんな……。アメリカは、第一の盟友ではなかったのですか……」

澪が言った。

「はるか過去の話です」

陣内が言った。「今や、日本にとって世界最大の敵はソ連でもない、中国でも北朝鮮でもない。アメリカ合衆国なのです」

秋山は驚きのあまり、口をきけずにいた。

石坂教授が首相と親友だったという話も初耳だった。アメリカと日本が謀略戦を展開しているというのは、衝撃だった。

長い沈黙があった。

最初に話し出したのは、石坂教授だった。

「……だが、あのレポートをそのまま鵜《う》呑《の》みにしても、他の二派は見つからんでしょうな……」

「なぜです?」

陣内が尋ねた。

「あのレポートは確かにいいところをついていました。犬の伝説が隼人族にまつわるものだと考えたのも、いい着眼点でした。しかし、残念ながら、時間的スケールも空間的スケールも違い過ぎていました。

私が思うに、秋山、熱田両君の家に伝わる伝説は、日本の国をも越え、大和《やまと》民族の民族史をも超えるほどスケールの大きなものだったはずです」

「ほう……。その根拠は？」

「簡単なことです。大和民族は犬を蔑視《べっし》する傾向があります。そして、犬を蔑《さげす》む傾向は漢民族においてはさらに著しい。奈良、平安の時代から、日本は中国の徹底的な影響下に置かれます。それ故に、犬から何かを学ぶという伝説が中国の影響華やかなりしころに生まれるとは考えにくい」

「そういう例はない、と……？」

陣内は尋ねた。

「近いものはあります。牛若伝説がその代表でしょう。牛若丸は幼少のときに、鞍馬《くらま》の山で天狗《てんぐ》に武術を習ったといわれていますね。天狗というのは何でしょう。字面《じづら》どおりだと、天の犬ですよ。だが、現在、天狗と言われて犬を連想する人はまずいない。つまり、犬は別の存在にすり替えられねばならなかったのです」

「なるほど……」

「犬と隼人族を結びつけたのはいい発想だとさきほど言いました。だが、もう少し研究すれば、なぜ三つに分けたのかが理解できたはずです。

隼人民族は三つのうちのひとつ。あとふたつは、別の土地の民族のことなのです」

「そうか……」

秋山が言った。「つまり隼人族のさらに源流を求めなければならなかったのですね?」

「そのとおり。隼人の源流をさぐれば、やがて、中国西域の異民族、『犬戎《けんじゅう》』に行きついたことでしょう。『犬戎』は、種族的にはチベット族で、古代中国人が西戎《せいじゅう》とひとまとめに呼んでおった諸民族のなかのひとつです」

秋山がうなずいた。

「いわゆる春秋戦国時代の犬戎は、唐になると、吐蕃《とばん》と呼ばれるようになります。十世紀に書かれた『旧唐書《くとうじょ》』に、吐蕃の記述があります。吐蕃族は、人に対して礼拝するとき、必ず両手を地面について『狗吠え声』をあげ、二度おじぎをする——と。『狗吠え声』というのは、犬が吠えるような声に他なりません」

「そう。吐蕃と隼人は同族だったと考えられる事実がいくつかある。まず、犬の吠え声に似た声を出す。顔に赤土を塗る——これは、吐蕃と隼人にまったく共通した特徴だ。吐蕃のこれらの風習については『唐書』に詳しく書かれている。

さらに、『唐書』の『吐蕃伝』には、吐蕃族の、王に対する自発的な殉死のことが書かれてある。一方、『日本書紀』には、雄略《ゆうりゃく》を墓に葬ったとき、雄略につかえていた隼人たちが嘆き悲しみ、泣き叫んで食べ物も受けつけず、七日目に全員死んでしまったと書かれてある。つまり、これは隼人の殉死の風習だ。吐蕃族と隼人族は同様な自発的殉死の習慣を持っていたわけだ」

陣内はじっと石坂教授と秋山の対話を聞いていた。

秋山が言った。

「つまり、こう考えていいんですね。犬戎・吐蕃は犬をトーテムとした民族だった。隼人も犬をトーテムとする民族だ──。隼人は、犬戎・吐蕃が日本に渡ってきた民族である可能性が大きい、と──」

「物事はそう簡単ではない。民族が移動し、文化が伝播《でんぱ》するには長い時間が必要だ。そして、そう推理したときに、何か裏付けがなくてはならんな。中国は記録の国だ。犬戎・吐蕃が日本に渡ったとしたら、その記述がどこかにあるはずだ」

「槃瓠《ばんこ》伝説！」

澪が言った。

「よく気がついたな」

教授は、目を大きく見開いて見せた。「そう。槃瓠の伝説が、犬戎・吐蕃と隼人をつなぐ橋渡しをしてくれる」

「何です？　その伝説というのは？」

陣内が尋ねる。

「槃瓠伝説。南中国のいわゆる蛮族と呼ばれた種族に関する始祖伝説です」

澪が説明した。「『後漢書《ごかんじょ》』に、こういう記述があります。昔、帝嚳《ていこく》・高辛氏《こうしんし》の世に、中国は犬戎に攻められて、たいへん苦しんだ――」

彼女は、レポート用紙を一枚破り、帝嚳・高辛氏という文字を書いた。

「そこで、帝嚳は世に呼びかけ、犬戎の呉将軍の首を取ってきたものには、莫大《ばくだい》な黄金と豊かな土地、そして美しい少女を妻として与えようと約束しました。帝は、五色の毛並みをした一匹の犬を飼っていました。この犬の名が槃瓠です。あるとき、槃瓠が何かをくわえているので見ると、犬戎の呉将軍の首だったのです。

帝嚳は、槃瓠が犬であることをいやしんで、約束を果たそうとしません。でも、このとき、妻として与えられることになっていた少女が帝を諫《いさ》めたのです。帝の命令が一度下れば実行されねばならない。でなければ、皇帝に対する信頼が失われるではないか、と――。

帝嚳は、悲しみながらも少女を槃瓠に与えました。槃瓠は少女を背負って、南方の山深く入り、人が近づかぬ洞窟《どうくつ》に住んだのです。

やがて、槃瓠と少女の間には六人の男の子と六人の女の子が生まれました。この六組の男女は、それぞれ夫婦となりました。彼らは木の皮から布を織り、父・槃瓠の毛の色にちなんで五色に染めました。そして、犬のように尾のある衣服を作って着たというのです」

「聞いたことのあるような話だな……」

陣内が言うと、秋山がこたえた。

「『南総里見八犬伝』でしょう。馬琴は、槃瓠伝説を知っていたのかもしれない……」

「なるほど……」

澪が説明を続けた。

「これら六組の夫婦の末裔《まつえい》が中国で言うところの『南蛮人』です。蛮人については、この槃瓠蛮のほかに、異なる始祖伝説を持つ、巴郡《はぐん》蛮、板楯《ばんじゅん》蛮などがおります。これら蛮と呼ばれた民族は中国南西部の高原地帯から中南部の平野部までの広い地域で勢力を持っていました。そして、蛮は、後の呉・楚《そ》・越といった南中国の文明を生み出していくのです。

槃瓠蛮はそのなかで、楚の国を作った基層的な種族とみられています。自分たちの祖先を犬だという槃瓠蛮は、犬戎・吐蕃と同じ種族だったと考えられています」

「だが、待ってください。槃瓠はその犬戎の将を殺したのでしょう?」

「そのことが、一層、槃瓠蛮と犬戎・吐蕃の民族的つながりを証明していることになるのです」

石坂教授が説明した。「民族の伝説のなかには、同族の王と対決するというものがいくつかあり、その場合、伝説はある原型の繰り返しになっているものなのです。槃瓠伝説と同じような始祖伝説を犬戎が持っていたとして、同族の槃瓠蛮がそれを繰り返す形で同様の伝説を持つに至ったというわけです。もちろん、原型の犬戎の伝説において、犬が殺すのは犬戎の将ではあるはずがありません。別の民族の王とか、超自然的な魔物といったような存在だったはずです」

「そういうものなのですか……」

「それを裏付ける資料もあります。『山海経《せんがいきょう》』という漢代以前の中国を描いた地理風俗の書に記された、槃瓠伝説の別伝です。

昔、槃瓠が戎王を殺して、高辛氏は美女を妻とすることができた。しかし、槃瓠を飼い馴らすことができず、会稽《かいけい》の東の海中に船を出させ、方三百里の地を与えた。その後、男の子を生んだがこれは犬だった。女の子を生んだところ、たいへんな美人だった。この犬と美女が犬封国を作った――そういう伝説です。

大切な点は、槃瓠に殺されたのは犬戎の将ではなく、戎王――つまり西域異民族の王だったということです。戎というのは、西方の異民族一般を指す言葉なのです。つまり、こちらの別伝が、『後漢書』の槃瓠伝説よりも原型に近いものではないかと考えることができるわけです。

さて、ここでもうひとつ重要なのは、槃瓠が移り住んだのは山のなかではなく、東海の方三百里の地だということです。会稽というのは現在の上海、南京を中心にした一帯です。結論から言うと、会稽の東方というのは、日本列島の南西部――もっと正確に言うと、沖縄諸島から九州にかけてのあたりということになるでしょう」

「……犬戎・吐蕃が槃瓠の『犬封国』を経て隼人と結びついた……」

秋山がつぶやくように言った。

石坂教授はうなずいた。

「現に、沖縄の与那国島や宮古島、また奄美《あまみ》の加計呂麻《かけろま》島には、犬と娘が結婚して、その子孫が栄える話が伝わっている。宮古の住民のなかには、自分は犬の子孫だと、現在でも言っている人々がいるということだ」

「沖縄の宮古……」

秋山が再びつぶやいた。

「さらに、だ。『山海経』の原型に近いほうの槃瓠伝説に出てくる『犬封国』、これは、『魏志倭人伝』に出てくる『狗奴国』を連想させる。『魏志倭人伝』によると、倭人は朱丹、つまり赤土を体に塗って飾る、とあり、これは、隼人の風習と一致する。『邪馬台国《やまたいこく》』に対抗していた『狗奴国』は、隼人族の国だったのではないかと考えることができるな。いずれにしろ、古代の日本文明のなかで隼人は勢力的にも文化的にも大きな影響力を持っていたと考えられる」

「わかりました」

秋山が言った。

一同が秋山に注目した。彼は言った。

「犬戎・吐蕃は、中国で越の祖となり、沖縄の宮古の人々の祖となり、日本で『狗奴国』の祖となった……。熱田家の伝説にある高貴な人に飼われている犬や熱田宗覚という人物は、そのまま犬戎・吐蕃の擬人化だ。三派に分けたというのは、それぞれ、中国、沖縄、日本の民族に分け与えたという、歴史的事実だったんだ……」

石坂教授はうなずいた。

「中国の南部、沖縄、そして日本――ここを探し回れば、同じルーツを持つ拳法が見つかるかもしれないね。ま、そのうちのひとつは、秋山くんが伝承しているわけだ」

「中国南部と沖縄……」

陣内はつぶやき、かぶりを振った。「われわれにはそれほどの時間的余裕もないし、人員を割くこともできない。あとの二派を発見するというのは、あきらめるしかないようですね」

14

陣内は、石坂教授、秋山、澪の三人に礼を述べて研究室を去ろうとした。

「お待ちなさい」

石坂教授は言った。陣内は立ち止まり振り返った。彼は黙って石坂教授の言葉を待った。

「どうもお役所の人は、手続きは遅いくせに結論を出すのが早過ぎる……」

「まあ、そういった役所が多いことは私も認めます。日頃、そのためにずいぶん苛々《いらいら》させられますからね。……で、結論が早すぎるというのは、どういうことですか？」

「世のなかには、無視のできない二元的な法則がありましてな……。陰と陽、プラスとマイナス、表と裏、そして、大と小……。物事には、必ず大の解釈と小の解釈があるものです。私が述べたのは大の解釈です。そして、秋山くんと熱田くんがレポートに書いたのは小の解釈です。どちらが正しいとは言えないのです。歴史の解釈は証明することができないのですからね……。ただこれは明らかです。小の出来事は必ずその上のレベルにある大の出来事の振る舞いのまねをするように見えるということです。家族の風習が、そのまま民族の風習の反映であるというのに似ています」

「つまり、犬戎《けんじゅう》・吐蕃《とばん》が長い年月の間に中国南部、沖縄、日本本土の三民族に武術を伝えたように、それを地理的、時間的に縮小したような出来事も起こり得る、と……」

「そう。つまり、秋山くんと熱田くんのレポートに書かれているようなことも、私の説と充分に両立し得るわけですな」

「残りの二派を探してみる価値はある、と……？」

「やってみて損はないでしょう。今のあなたがたは、どんな小さな可能性にもしがみつきたいはずです。違いますかな？」

「おっしゃるとおりです。では、具体的にどうしたらいいでしょう？」

「本当に困っているときは、変な小細工はしないほうがよろしい。単純に新聞なり、武道の専門誌なりを使って広告でも出されるがよろしい。『犬にゆかりのある武術を伝承しているかたはご一報いただきたい』とでも書いてね。文部省の文化庁あたりの名で出すといいでしょう。へたな理由説明もしないほうがよろしい」

「なるほど……。わかりました。……で、もし、何人かが名乗り出て来たとしたなら？」

「この秋山くんに試させればいい」

「え……？」

秋山が言った。「僕がですか？」

「そうだよ」

アインシュタインのような風貌《ふうぼう》の石坂教授は落ち着き払ってうなずいた。「私立大学というのは国から助成金をもらっておってな。たまには、政府の役にも立たねばならない。君は、熱田くんといっしょに、当分、この陣内さんのもとで働くんだ」

「……まいったな……」

秋山は澪と顔を見合わせた。

陣内はたいへん満足だった。内閣総理大臣が、この石坂教授を友人として信頼している理由が納得できた。


深夜三時を少し過ぎたころ、新大久保の町の片隅で、いきなり、すさまじい発砲音が聞こえてきた。

最初、それは爆竹のようだった。

だが、その炸裂《さくれつ》音に、自動小銃かサブマシンガンの連射の音が混じり、あたりは騒然となった。

陳果永は店から帰ってきたばかりで、まだボウ・タイも取っていなかった。ふたりの仲間は昼間の過酷な労働のために、ぐっすりと眠っていた。

陳果永もくたびれ果てていた。彼もすぐ布団にもぐりこもうと考えていた。

第一の銃声はそのときに起こった。

陳は驚いたが、ただそれだけのことだった。

部屋のなかでじっとしていればいいのだ。誰が撃ち合おうが知ったことではない。

だが、銃声が近づいて来て、フルオートの発射音までが聞こえ始めると、さすがに陳も落ち着かなくなってきた。

仲間を起こそうかどうかを考えたとき、突然木のドアが蹴破《けやぶ》られた。

陳は反射的に床に転がった。

拳銃が数発撃ち込まれ、次に、サブマシンガンが吼《ほ》えた。

陳は訳のわからない叫び声を上げていた。彼は、伏せていたが、すぐさまあおむけになり、そこから、右足を鋭く振り上げた。

サブマシンガンを持つ手に、その下からの蹴りが炸裂し、尺骨《しゃっこつ》と橈骨《とうこつ》が接合している手首のあたりを粉々にした。

コルトの9ミリ・サブマシンガンを持っていた男は、悲鳴を上げ、中国語で何かしゃべった。

北京語だった。もちろん、陳は北京語もわかるが、そのときは男が何を言ったか理解できなかった。

死の恐怖のため無我夢中になっているのだ。

手首を蹴った足をそのまま、後方へ返す。踵《かかと》でサブマシンガンを持っていた男の金的を痛打する。

男は、廊下から、反対側の壁まで吹っ飛んでいき、ずるずると崩れ落ちた。

拳銃を持っていた男が、思わぬ抵抗にあい罵声《ばせい》を発した。

今度は陳にも、男が何を言ったか理解できた。

「死にやがれ！」

北京語でそう叫んだのだった。

陳は再びうつぶせになると、その状態から両足を引き、犬が跳躍するように、戸口から廊下へ飛び出した。

そこでくるりと回転し、片膝を立てて起き上がった。

もう片方の足は、拳銃を持った男の膝を蹴っていた。敵のふところに、足もとから入り、同時にそれが攻撃となっていたのだ。

敵は悲鳴を上げた。

膝を蹴られて、平気でいられる人間はいない。まして、陳果永の蹴りは強烈で、相手の膝は折れていた。

敵は廊下に倒れ、悲鳴を上げてのたうちまわった。

パトカーのサイレンの音が聞こえてきた。銃を持った男たちは、いっせいに逃げ始めた。

陳に倒されたふたりだけが残された。

陳は、呼吸の乱れがなかなかおさまらなかった。心臓がすさまじい勢いで鳴っている。

はっと彼は気づいたように、二段ベッドに駆け寄った。

ふたりの友人は血まみれだった。もはや息をしていなかった。陳は、天を仰ぎ、拳でベッドを叩くと、そのまま崩れるようにすわりこんだ。

彼は、歯をくいしばって号泣を始めた。


「9ミリの自動拳銃に、なんと、サブマシンガンだぞ」

石倉室長は陣内の顔を睨《にら》みつけたまま、机の上の報告書を拳で叩いた。

陣内はいつもの眠たげな表情のままだった。

石倉室長はさらに言った。

「サブマシンガンとは恐れ入った。台湾マフィアが——しかもその下っ端がなんでそんなものを持っていたんだ？」

した」

陣内は言った。「CIAルート――もっと露骨に言えば、マーヴィン・スコットが手配したのでしょう。それを、ジョン・カミングスかシド・フォスターが台湾マフィアに流した」

「わかっていて何もできんのかね？」

「今、警察は全力で、襲撃したほうの虹玉幇《ホンユウバン》のアジトを捜索しています。一方で襲撃されたほうの千華幇《チェンホアバン》の連中の報復を警戒しています」

「ありきたりの返事を聞きたいわけじゃない。これは、つまり、アメリカのテロの一環が成功したということになるのだろう」

「いよいよ始まった――そう考えねばならないでしょうね……」

「よく落ち着いていられるな……」

「警視庁の刑事部、公安部、防犯部、法務省の公安調査庁、厚生省の麻薬取締官、自衛隊陸幕調査部――私たちはすべての力を注ぎ込んでいますからね。これ以上、あわてて、何かをやる必要はありません」

石倉室長は、いまいましげに溜め息をついて、報告書に眼を戻した。

「襲撃が虹玉幇の下っ端によるものだと判明したのは、ある中国人不正就労者のおかげだそうだな」

「彼はとばっちりを食っただけだと証言しています。警察の捜査もその言葉を裏付けています。

虹玉幇の連中は、千華幇の人間が住んでいる安アパートを無差別攻撃したのです。同じアパートにいる不正就労者が、その虹玉幇の鉄砲玉をふたりほどやっつけたのですね。拳法のたしなみがあるということです。おかげで警察は、その虹玉幇のふたりを逮捕できたのです。……残念なことに、不正就労者の友人ふたりは犠牲になりましたがね……」

「今、その中国人はどこにいる？」

「新宿署で保護しているはずですよ。おいおい処遇が決まるでしょう」

「会ってきたまえ」

「は……？」

いつも無表情な陣内が、さすがに驚いた顔をした。「その中国人にですか？」

「そうだ」

「なぜ会う必要があるのです？」

「いわばアメリカの謀略によって起こされた第一のテロの直接体験者だ」

「それだけの理由では、会う必要があるとは思えませんね」

「どんな情報でも欲しいんだ。その中国人の話を聞くことによって、今後の対策の参考になるようなことが見つかるかもしれない」

「望みはうすいですね……」

陣内は肩をすぼめて見せた。「それなら、逮捕された虹玉幇のふたりに話を聞いたほうがいいのじゃないですか？」

「そいつは、警察の縄張りだ」

「なるほど……」

陣内は石倉も無思慮に命じているわけではないことを理解した。

「君がいやだと言うのなら、私が行く」

「室長が……？　いえ、そうまでおっしゃるのなら、私が行ってきましょう」

畳が敷かれた宿直室で、陣内は陳果永と会った。

陳果永は、きわめて厳しい顔をしていた。常に唇を咬《か》みしめ、眼を怒りで光らせている。

陣内は、石倉の命令によって、また時間を無駄にしてしまったと考えていた。

陳果永を目のまえにしても、ろくな質問が思いつかない。

制服警官が立ち会っていた。署長があとで挨拶にやってくるはずだった。

陣内は立ったまま、陳果永に尋ねた。

「日本語は話せるね？」

陳果永はじっと畳の一点を見すえている。

「こら、こたえんか！」

制服警官が怒鳴った。とにかく、警察官というのはよく怒鳴る。市民を恫喝《どうかつ》することが職務上必要だからだ。

陳果永は、ゆっくりと顔を上げた。陣内と眼が合った。

陣内は、官僚として、いろいろな政治家に会っている。政治家も古参になるとヤクザなど及びもつかない眼力を持つようになる。

陣内はどんな眼つきで睨まれてもたじろがない自信があった。

だが、このときだけは違った。陳果永の怒りのあまりのすさまじさに気圧《けお》される思いだった。

「友人のおふたりは、たいへんお気の毒なことでした」

「あのふたりに銃弾を撃ち込んだのは」

陳果永が言った。「台湾の虹玉幇のやつらだというのは本当だな……」

陣内は制服警官のほうをちらりと見てからうなずいた。

「間違いないとも」

そこで、陳果永は、ふと気づいたように言った。

「あなたは誰です？」

彼は、陣内のことを入国管理局の人間かと思った。

「私は、総理府の陣内平吉といいます」

「総理府……？」

陳果永は意外に思った。

陣内は言った。

「いろいろとおうかがいしたいことがありまして……」

「今回の襲撃については、何もかも警察に話しましたよ……」

陳果永は再び陣内から眼をそらし、畳を見つめた。

「そうですか。だが、面倒でも、もう一度私に話していただきます」

「何のために……」

「私たちは、警察とは別の立場で、直接あなたから話をうかがいたいのです」

「別の立場……」

陳果永はまた陣内の顔を見た。今度は、さきほどとは違って油断のない眼つきをしていた。おそらく、一回目に陣内を見たときは、怒りのために、まともにものが見えていなかったに違いない。

陳果永は、陣内が一筋縄ではいかない類の男であることをすぐに見て取った。

陳は言った。

「総理府……？　ひょっとして、内閣情報調査室の人ですか？」

「ほう……。日本の政府にお詳しいようですな」

「生きのびていくためには、いろいろなことを知らなくちゃならないのですよ。特に、異国の地では、ね」

陣内に身分を隠す理由はなかった。彼はもったいぶったことが嫌いな男だ。それに今は、正直であることが必要だった。相手にも正直になってほしいからだ。

「おっしゃるとおり、私は内閣情報調査室の者です」

「それも下っ端じゃない――そうですね？」

陣内はうなずいた。

「次長です」

「私にはそれが、どれぐらいの地位なのかわからない……」

「トップの次です」

「驚いたな……。そんな人が私の話を聞きたいと……」

どんな場合でも相手を驚かせることは有効だ。

「話していただけますか？」

陳果永は、片方の肩をすくめて言った。

「かまいませんよ。話すだけなら金はかからない」

陳果永は、覚えている限りのことを話した。

陣内はじっと聞いていた。やはり時間の無駄だな……。話しながら、怒りを思い出し始めた陳果永を見ながら、陣内は考えていた。

話し終わると、陳果永は、吐きすてるように付け加えた。

「くそっ！　友人のかたきは必ず取ってやるぞ」

「ばかもの！　場所をわきまえろ！」

警官がまた怒鳴った。陣内は黙って見ていた。

陳は警官に食ってかかった。

「中国人同士の問題だ。私は、この手で虹玉幇のやつらをやっつけねば気が済まない。私の犬拳の餌食《えじき》にしてやる」

陳の最後の一言が、陣内に大きな衝撃をもたらした。彼は、珍しく目を見開いて陳を見て尋ねた。

「あなたの何の餌食ですって？」

陳は、陣内の反応に驚き、鼻白んだように静かになった。彼はふてくされたように言った。

「犬拳だ。地術拳《ティー・スー・チェン》とも言う」

「あの動物の犬ですか？」

「そうだよ」

「それは特別な拳法なのですか？」

陳は、なぜ陣内がそんな質問をするのか理解できなかった。彼は用心深くなってこたえた。

「それほど特別ではありませんよ……。福建省……、特に福州市では今でも盛んに行なわれています。ただし、私が伝承している犬拳は、特別といえば特別かもしれない……」

「どういう意味で？」

「特別に強いという意味です」

陣内は無言で、両手をかかげ、親指を交差させた。それぞれの親指を左右逆の手で握り込む。親指を隠した拳がふたつ並んだ。

「驚いたな……」

陳果永は言った。「どうして陳式地術拳の門礼を知っているのですか？」

「陳式地術拳？」

「犬拳は正式には地術拳と呼ばれています。そのなかにも諸派があって、最強を誇っているのが、わが陳家に伝わる犬拳なのですよ」

陣内は、たまには石倉室長の指示に素直に従ってみるものだ、と思った。

陳果永の身柄は内閣情報調査室があずかる——陣内はすぐさまその手続きを取った。

15

虹玉幇は神出鬼没だった。

日本の暴力団のように、会社組織を作ったりはしていないし、事務所も構えていない。アジトも、事あるごとに引き払って移転してしまう。

新宿周辺では、発砲事件が相次いだ。ただの発砲事件ではない。必ず千華幇の人間が死んでおり、巻きぞえを食う市民も出ていた。

台湾マフィアは、日本の暴力団より荒っぽいといわれている。

彼らは日本にあっては、完全な実力主義なのだ。暴力だけが頼りというわけだ。

警察は警戒を強めたが、出し抜かれることが多かった。

日本の暴力団は、どこか警察と持ちつ持たれつという一面がある。マル暴刑事と、幹部が顔見知りの場合も多い。

しかし、台湾マフィアとなると勝手が違うのだ。相手の顔もはっきりしなければ、行動パターンも読めない。

千華幇も黙ってはいられなかった。フィリピンなどから密輸した銃で報復を繰り返した。しかし、虹玉幇とは火力に差ができてしまっている。

千華幇は次第に劣勢を強いられてきた。

二大マフィアの力のバランスが崩れたのだ。

千華幇と虹玉幇の力の均衡が崩れるのを恐れていたのは警察だけではない。新宿を縄張りにしている日本の暴力団にとっても危険な兆候だった。

二大勢力が拮抗《きっこう》しているうちは互いに派手な動きはできない。だが、虹玉幇の存在は、今や急速に大きくなり始めた。

広域暴力団系の組織は、全国の武闘派を東京に呼び寄せ始めた。

こちらの小競り合いも急増した。

今まではあまり考えられなかったが、六本木や渋谷といった若者たちの遊び場で、暴力団同士の発砲事件が相次いだ。

一方、新型麻薬のＭＤＭＡ――別名「エクスタシー」は、六本木や原宿、渋谷など若者たち中心の盛り場だけでなく、代々木、早稲田、御茶ノ水といった学生街にも広がり始めた。予備校生を専門に売りさばく手合いがいるのだ。

ついに、中学生がＭＤＭＡの中毒を起こし病院にかつぎ込まれるに至って、厚生省は非常事態を宣言した。

マーヴィン・スコットから電話があり、カミングスは、言った。

「今度は何をすればいいんだ。俺はセールスマンをやりに日本へ来たのか？」

「千華幇の人間とコンタクトが取れた」

「それで……？」

「やはり、やつらは我々が虹玉幇に武器を流したことに感づいていた。私はビジネスだと割り切って、同様に武器を買わないかと持ちかけた。すると、どうだ。中国人はそういう考えかたで取り引きはしないとつっぱねた。そればかりか、私にかみつく始末だ」

「気持ちはわかるがね……」

「中国人の気持ちがか？　冗談だろう。千華幇のやつらは、この私に脅しをかけた。死んだ仲間のつぐないをしてもらう――こう言うんだ」

「それで……？」

「そういうのは考え違いだということをわからせてやらなければならない。それが君の次の仕事だ」

「……武器や薬のセールスをして歩くよりはずっといい」

マーヴィン・スコットは、千華幇の幹部がひそむアジトの場所を教えた。

中野坂上にあるマンションの一室だった。名義は日本人の名前になっているという。

「呉孫淵《ウー・スンイエン》という名だ」

スコットは言った。「必要ならシドにも声をかけるが？」

「いや、結構。俺たちは、今味方同士でも、いつ敵に回るかわからない仕事をしている。手の内を見せるようなことはしたくない」

「なるほどな……。早いうちにたのむ」

電話が切れた。

「早いうちに、か……」

カミングスは、受話器を置くと、すぐに上半身裸になり、洗面所へ行った。メーキャップを始める。

十分後、彼はホルスト・マイヤーになっていた。

彼はヒップホルスターに愛用のＳ＆Ｗ・Ｍ５９０６を差し込んだ。両方のズボンのポケットに、十四発入りのマガジンをひとつずつ入れる。

大きめの背広を着て背を丸めると、銃やマガジンはすっかりと隠れた。

部屋を出るまえからすでに彼は演技を始めていた。

ホルスト・マイヤー老人は、いかにも出かけるのがおっくうだといった面持ちでドアを開けた。


千華幇の大物、呉孫淵のアジトは、豪華というわけでもなく、また粗末でもないほどほどの古いマンションにあった。

最近の高級マンションのように、入口に防犯用の扉があるわけでもない。

ホルスト・マイヤーの扮装《ふんそう》のカミングスは階段を昇って四階へやってきた。四〇二号室が呉孫淵のアジトだ。

カミングスはノックした。

鉄製のドアのすぐむこうで人の動く気配がした。魚眼レンズでなかから様子をうかがっているのだろうとカミングスは想像した。

「誰だ？」

日本語だった。ドアのむこうから聞こえてきた。

カミングスは北京語で言った。

「呉大人にお会いしたい」

やや間があって、今度は北京語が聞こえてきた。

「何者だ、おまえは？」

「ジョン・カミングス」

しばらく待たされた。やがて、チェーンが外され、解錠する音が聞こえてきた。ドアが開いた。

リビングルームにはソファが壁際にあり、中央に、中国風のテーブルがあるだけだった。

三人の男が立っていた。体格のいい中国人だ。格闘技の心得があることはすぐにわかった。

右手のドアが開いて、凶悪な眼つきをした男が現れた。東洋人にしては長身だった。

白髪が混じっている。

「ジョン・カミングスだと……？」

その男が言った。「確かにカミングスが虹玉帮に銃を売ったという話は聞いている。だが俺の知っているジョン・カミングスは、そんな老人ではないはずだ」

「崔烈も、まったく同じことを言ったよ」

崔烈の名を聞いて、呉孫淵の顔色が変わった。

手下たちが、出口を固めるのがわかった。

「いったい何のつもりだ、じいさん」

呉孫淵が言った。そっと手下に目配せする。ひとりが、カミングスの右手を取った。

カミングスは、その手を押しつけてやった。人間は反射的に押されると押し返そうとする。その瞬間にカミングスは引いた。

男はバランスを崩して前のめりになった。

その脇腹に、カミングスは膝を叩き込んだ。

相手はうめき、手を離した。

カミングスは、右のこめかみへのフック、左のボディブロー、さらに右の腎臓へのフックを、一呼吸のうちに放った。

抵抗する間もなく男は崩れ落ちた。

うしろに回っていたふたりが両側からカミングスの肩をつかもうとした。

カミングスは体を思いきりひねって、後方に肘を突き出した。見事なタイミングで、肘は鳩尾《みぞおち》に決まった。

後ろ猿臂《えんぴ》――俗にいう肘鉄は、タイミングさえ決まれば、女性でも大の男をノックアウトできる。

続いてカミングスは、もうひとりの男の腕を巻き込み、体落としをかけた。投げたときに、肘を相手の脇に決め、自分もいっしょに倒れ込んで全体重をあびせた。

肋骨がきしんだ。

カミングスはすぐに立ち上がった。

肘打ちを鳩尾に打ち込まれた男が、もがくように立ち上がり、平撃を見舞ってきた。

平撃は中国武術の用語で、空手で言うと正拳突きに近い。

カミングスはよけようともしなかった。まったく同時に、腰を入れたストレートを発した。

見事なクロスカウンターとなり、相手は、白い歯をいくつか空中に飛ばしながら、吹っ飛んで倒れた。

三人があっという間に倒されて、呉孫淵は驚いた。

「ばかな……」

呉はつぶやいた。「鍛え上げた、最も信頼していた武闘家だぞ……」

「上には上がいるということだ」

カミングスは言った。「それにしても、中国人はもっと老人を敬うと聞いていたがな……」

「変装していやがったか」

呉は、さっとふところに右手を入れた。

それより、はるかにカミングスの動きのほうが早かった。カミングスの手にはS＆W・M５９０６が握られていた。銃口は、ぴたりと呉孫淵の眉間《みけん》に向けられている。

呉は動けなくなった。

「ゆっくりと右手を出すんだ」

呉孫淵は言われたとおりにした。

そのとき、倒れていた手下のひとりが、息をふきかえした。

ちょうどカミングスの後方に倒れていた男だ。その男は、そっと起き上がろうとした。

カミングスの左足が一閃《いっせん》した。靴の踵《かかと》が相手の顎《あご》を容赦なく蹴り上げていた。男は顎の骨を折られ、たちまち昏倒《こんとう》した。

「ささやかな期待をも台無しにして申し訳ない」

カミングスは言った。「俺は、われわれの力を見せつけてくるように命じられたのでね……。あんたは虹玉幇との戦いで精一杯のはずだ。この上、われわれを敵に回すのは愚かだと思わないか？」

「われわれとはいったい何だ？」

「カミングスとその一味……。さ、俺の言ったことを理解してくれただろうか？」

呉孫淵は怒りと恐怖の入り混じった複雑な表情でうめいた。

「納得するほかはあるまい……？」

カミングスはほほえんだ。

「すばらしい話し合いだった。送らなくていい」

彼は銃をしまうと、たちまち、老人の姿になった。そのまま、部屋をあとにした。

呉はそのあともしばらくただ立ち尽くしていた。

屋部長篤は、きょうも池袋署の留置場から引きずり出された。

行き先はいつも同じだ。武道場へ連れて行かれるのだ。

刑事訴訟法では、被疑者は七十二時間以内に地方検察庁へ送られ、罪の確定を受けなければならない。

しかし、実際には、この七十二時間という時間は無制限に延長されている。警察は、代用監獄と呼ばれる留置場に被疑者を閉じ込め、取調べを続ける。このこと自体が違法なのだが、熱心な弁護士以外は見て見ぬふりをしているのが現状だ。

屋部長篤は、まともに取調べを受けたことすらなかった。

氏名、住所、年齢、本籍地など基本的なことを訊かれたあと、すぐに、数人の刑事や警察官によって、武道場へ連れていかれた。

体格のいい刑事が、突然背負いで屋部を投げ飛ばした。

起き上がろうとした屋部の足を払う。屋部はまた、ひっくり返った。

何人かの足で背といわず腹といわず蹴られ、屋部は反射的に胎児のように丸くなった。

「まあ、待て」

誰かが言った。「あせることはない。これから毎日楽しめるんだ」

――その、警察のお楽しみの時間がやってきたのだ。

彼らは仲間を痛めつけられて、頭に血を昇らせている。警察の署内は、警察官の世界だ。警官に憎まれたら、誰も助けることはできない。

今日は、三人だった。しかし、全員が竹刀を持っている。

投げても、殴っても、蹴っても、屋部が平然としているので、警官たちも逆上してきたのだ。

屋部は幼ない頃から、徹底的に自分の体を鍛えてきた。

壮絶な修羅場もくぐってきた。この程度のリンチで音を上げるような男ではない。彼にしてみれば、抵抗する必要すらなかった。

屋部は、道場のほぼ中央に立たされた。

警官のひとりが、いきなり竹刀を振りかぶって、屋部の頭上に振り降ろした。

たとえ竹刀であれ、相手が得物を持ったときと素手のときとでは対応が変わってくる。

屋部は反射的にかわした。竹刀は空を切った。

「なまいきなまねを……。おい、おまえら、そいつをおさえていろ」

ひとりが言うと、ふたりの警官が竹刀を置いて屋部をおさえつけた。

竹刀が屋部の体のありとあらゆるところに振り降ろされる。それでも、屋部は、うめき声すら洩《も》らさなかった。

竹刀を持った警官は、次第に興奮してきた。屋部をおさえていたふたりが、さすがに、あっと声を上げた。

彼は、距離を取ると竹刀で屋部の喉めがけて突きを繰り出したのだ。

初めて屋部の眼が光った。彼は、気を下丹田にぐっと落とした。それだけで重心が下がる。

その状態で両手を鋭く前に突き出した。ふたりの警官が吹っ飛んだ。

竹刀の先は、屋部の喉に突き刺さろうとしている。だが、次の瞬間、切先は屋部の喉のなかを素通りしていったように見えた。

屋部は紙一重でかわしたのだ。

勢いあまった警官がたたらを踏んだ。屋部はその状態からなら何でもできた。だが、あえて、相手を睨《にら》んだだけだった。

相手の警官は、明らかにやり過ぎだったことに気づいた。彼はばつが悪そうに言った。

「くそっ。続きはまた、明日だ。ぶち込んでおけ」

文化庁が出した奇妙な広告を見て、名乗りを上げた武術家はまったくいなかった。

文化庁に臨時の席を設けられた秋山隆幸と熱田澪は、そっと話し合っていた。

「やっぱり僕の仮説は間違っていたのだろうか……」

「何とも言えないわ。武術そのものは伝わっていても、犬に関する伝説を捨ててしまったことも考えられるわ。犬神っていうのは、一般的には忌み嫌われたわけでしょう？」

「中世以後は特にその傾向は強いな。山の文化に対して里の文化があった。日本は基本的には農耕民族の国だから、里の文化に属する。里の人は山の精霊である犬神を畏《おそ》れたんだ」

「でも、その昔は、犬をトーテムにした文化が日本にもあったということでしょう？」

「そう……。天狗しかり――以前、石坂先生が言っていたが、天狗というのは天の犬のことだ。

神社には狛犬《こまいぬ》が置かれているところが多い。犬神のなかでもさらに格の高いのが、大神――つまり狼さ」

秋山は机の上に、指で字を書きながら言った。

「少なくとも、あなたがやっている拳法の分派とか、かつての同門の人は名乗り出てもいいんじゃない？」

「うちの拳法は一子相伝なんだ。だから、特に名前も教わっていない。まえに言ったろう。後継者がいなくなったんで、オヤジは、あわてて僕に奥伝を授けて免許皆伝にしちまったんだって……」

「じゃあ、ここにいてもしょうがないかもね……」

「もうじき、お役ご免になるだろう」

そのとき、彼らの面倒を見てくれている係員が近づいてきた。

彼は言った。

「大至急、ふたりに、総理府まで来てほしいと、陣内さんからの伝言です」

秋山と澪は顔を見合った。

澪が言った。

「もう用済みということかしら？」

「いや……。どうやら逆のような気がする」

陣内は総理府にいくつかある小会議室のひとつで待っていた。

秋山と澪が入って行くと、陣内がいつになく興奮気味なのがわかった。

陣内の隣りにやせた男がすわっていた。陣内は立ち上がり、彼を紹介した。

「陳果永さんだ」

陳果永は、立ち上がり、頭を下げる代わりに、まず両てのひらを顔のまえにかかげ、親指を交差させた。それぞれ逆の手でその親指を握り込んだ。

秋山は反射的に、同じ形を作った。

秋山は眉をひそめて、陣内に尋ねた。

「これはいったい……」

「陳さんの家には陳式地術拳という拳法が伝わっているそうです」

「陳式地術拳?」

「またの名を、陳式犬拳。この拳礼は、その門派だけに伝わるものだそうです」

澪は陣内が興奮気味な理由を理解した。

「ひとり見つけたということですね?」

「それだけじゃない」

陣内は言った。「陳さんの話だと、犬に関わりのある武術を身につけた男に、ごく最近会ったことがあるというのです。その男は屋部長篤という名で、沖縄古流空手や武器術の達人だったということです」

「中国、沖縄、そして日本……」

秋山はつぶやいた。「石坂先生の説のとおりだ……」

陣内はうなずいた。

「その屋部長篤という男は、警察につかまっているという話です。私はこれから、彼を奪い出しに行こうと思っています。いっしょにいらっしゃいませんか?」

「俺は行きたい」

陳果永は言った。「屋部長篤に会うことが、おそらく俺の天命のひとつなのです」

秋山は、いったい自分がどこまで引きずり込まれるのか不安だった。しかし、自分や石坂教授の仮説がどこまで確かめられるかという好奇心が、わずかに不安に勝《まさ》った。

彼もうなずいた。

「陣内さんに協力しろ——教授にそう言われていますから……」

16

池袋署刑事捜査課一係の刑事は、明らかに陣内に反感を持っていた。

「傷害罪でぶち込んであるんですよ。お役所の人だからって、おいそれと会わせるわけにゃいきませんや。どこの役所か知りませんけどね……」

陣内は、うしろにいる陳、秋山、澪の三人に言った。

「失礼、これから先、私が言うことは聞かなかったことにしておいてください。あまり感心できる態度じゃないもので……」

刑事に向き直った。「君の階級は?」

「何でそんなこと、言わなきゃならん?」

「階級は?」

「巡査部長」

「では、巡査部長。そこの電話を取って、警察庁の総務にかけ、陣内平吉という人物の階級を尋ねるんだ」

「ふざけるのもいいかげんにしろ。こっちは忙しいんだ」

「私がダイヤルしてやろう」

陣内は受話器を取り、プッシュボタンを押した。陣内はそのまま、受話器を刑事に差し出した。

ふてくされたように刑事は受話器をひったくった。相手が出ると、刑事は言った。

「陣内平吉という人物の階級を教えていただきたい」

刑事は電話を切った。

「わかったかね?」

陣内が尋ねた。

「警視だそうだ。だが、それがどうした?」

「まだ名乗ってなかったな。私が陣内だ。内閣情報調査室に出向しているがね」

刑事の態度がにわかに変わった。警察は自衛隊以上に厳しい階級社会だといわれている。巡査部長の上は、警部補、その上が警部。警視はさらにその上だ。

「失礼いたしました」

わずかにいまいましさを残し、刑事は言った。彼は制服警官に屋部長篤を連れて来るように言った。

「驚いたな」

秋山がそっと陣内に言った。「本当に警察官なんですか?」

「そう。内閣情報調査室の調査官は、警察庁や外務省からの出向が多いんだ。私もそのひとりというわけだ」

制服警官が屋部長篤を連れてやってきた。

陣内は眉をわずかに動かした。陳や秋山たちはさらに驚きを露わにした。

屋部長篤の顔は腫《は》れて、目のまわりにはあざができていた。唇が切れて、これも腫れ上がっている。

左目は、ふさがりかけている。下腕がのぞいているが、ひどいあざがたくさんあった。

「なるほど……」

陣内が言った。「君が、屋部長篤氏とわれわれを会わせたくない理由がこれでわかったよ」

「どこの警察署だってやってることですよ」

開き直ったように刑事が言った。「たいていはあざが消えるまで豚箱にぶち込んでおいて、弁護士にも会わせないんですがね……」

「彼をもらって行くよ」

陣内が平然と言った。

「何ですって……？」

「彼を連れて行くと言ったんだ。屋部長篤氏の身柄は、わが内閣情報調査室があずかることにする」

「しかし、そんなことは……」

刑事は反論しようとした「刑訴法上……」

「刑訴法？」

陣内が眼を光らせた。「じゃあ、君たちはこの被疑者を刑訴法どおり扱ったのかね？」

「それとは問題が別です……」

「議論の余地はない。屋部長篤氏は、日本政府にとって重要な人物なのだ。私は、彼を連れて行く権限を与えられている」

刑事はそれ以上反論しようとはしなかった。

屋部長篤は、総理府の小会議室に連れて来られても、まだ誰も信じようとしなかった。ひどくいじめられ続けた犬が、誰にもなつかなくなるのに似ていた。

屋部は陳果永との再会すら喜ぼうともしなかった。

秋山には、髪も髯《ひげ》も伸び放題で、黒い異様な空手衣を着たこの男が、信じ難いほどの鍛錬を続けてきたことがよくわかった。

顔の腫れがこの一時間ほどの間に引き始めているのだ。腕のあざもどんどんよくなっているようだった。

何度も何度も打撲を繰り返したため、体が馴れてしまって、回復が早くなっているのだ。

陣内と秋山、そして澪はあらためて、屋部に自己紹介をした。

屋部はそれでも口を開こうとしない。猜疑《さいぎ》の眼で一同を見ている。

「おい、いいかげんにしなよ」

陳果永が言った。

秋山は、片手を上げて、陳果永を制した。その手を顔の正面に持ってきてその親指を、もう片方の手の親指と交差させる。そして、独特の拳礼をした。

屋部は、はじめぼんやりとそれを見ていたように見えた。だが、次第に彼はその拳礼の持つ意味に気づいた。

屋部はゆっくりと同じ動作をした。彼は、今ここにいる誰にも、この拳礼を見せたことがないことに気づいたのだった。

手を降ろすと、屋部は言った。

「いったいどういうことだ？」

「俺たちは、同じ源流を持つ拳法を身につけているらしい」

陳果永が言った。「あんたの技と、俺の技に共通な要素があったろう。しかも、双方とも、犬に関係している」

秋山は、自分と澪の家に伝わっている伝説を話し、また、自分たちが書いたレポート、そして、石坂教授の説を説明した。

屋部は戸惑っているようだ。しきりに何かを思案している。

彼は秋山のほうを向いた。

「俺は、この陳果永とは一度拳を交えているから実力は知っている。ほんの一瞬だったが実力を知るにはそれで充分だ。だが、あんたの実力がどの程度のものかわからない」

秋山は、まず陣内を見、陳果永を見てから澪を見た。

全員が秋山に注目していた。誰も彼の腕を知らないのだ。

秋山は言った。

「しかたがない……。屋部さんがお望みならば、お手合わせしましょう」

「場所を用意させましょうか？」

陣内が言った。

秋山は、肩をすぼめて言った。

「僕はここでかまいませんよ」

「ここで……。こんな狭い場所で……」

陣内が言う。秋山は、椅子のうしろの空間を指差して言った。

「これくらいの広さがあれば、充分戦えますよ」

「どうやら、あなたが身につけてらっしゃる武術は空手や少林寺拳法などとは違うもののようだ」

陣内が言うと、屋部がこだわった。

「空手をひとつでくくってくれるな。俺は古流空手をやっているが、俺だってこの程度の広さがあれば充分だ」

屋部が立ち上がった。続いて秋山が立ち上がる。彼は眼鏡を外してテーブルの上に置いた。

ふたりが立っているのは、壁と椅子の間にある空間で、幅は約一メートル半、長さが約五メートルといったところだ。

屋部が半身になった。レの字立ちという自然体から、ゆっくりと前足を進め腰を落とした。後屈立ちという立ちかたになる。

右足が前になっている。普通の空手の構えとは逆構えになる。

右手を開いて、額のあたりにすえる。左手は、膻中《だんちゅう》（胸骨）と水月《すいげつ》（鳩尾）のあたりをカバーするように置かれている。

両手で、いわゆる上丹田と中丹田を守っているのだ。

片や秋山は腰の高いレの字立ちのまま、半身で立っている。こちらは、左が前になっている。

屋部が両手をぴりぴりと動かしながら、少しずつ間合いを詰めてくる。秋山も、かすかに両足を動かしている。

間の攻防だ。間合いを盗んだほうが勝つ。高次元の戦いは一瞬で決まる。先に決める、決めようとするところを、カウンターで決める、さばいて決める——いずれにしても、相手は決められたら反撃は不可能な状態になる。

だから一撃で勝負が決まるのだ。その一撃を決定するのは間合いを盗むことであり、見切ることだ。武道の修行は、剣で言う一の太刀をいかに修めるかに尽きる。

向かい合っているだけで、屋部は汗を浮かべ始めた。彼は警戒していた。武道家が初めて誰かと対戦するときはそういうものだが、この時はそれだけではなかった。

屋部は秋山が、なかなかの実力者であることを知った。

屋部は、しかし、自分の拳に自信を持っていた。沖縄方言で拳をテイジクンという。鍛えに鍛え抜いたテイジクンであり、チンクチの充分に働いた一撃なのだ。

ず、と前足を進めたと思うと、迷わず逆突きで突いた。足は、ぴたりと十三《セーサン》立ちになっている。浅い前屈に近い立ちだ。腰を締め、前足を内側に向ける。

屋部の突きは風のように速く、しかも、大きな破壊力があることがわかった。空気を引き裂くすさまじい音がした。

秋山はかわせなかった。

誰もがそう思った。勝負は決まったかに見えた。

屋部は突ききった状態のまま、身動きが取れなくなっていた。

屋部が突きを出すより、ほんの一瞬早く、秋山が手を出した。秋山の右手の親指と人差指は、屋部の喉仏をぴたりとはさんでいる。

屋部は目を白黒させた。

秋山が手をゆるめた。とたんに、屋部は、左の裏手刀を回した。手刀と反対の親指のつけ根を叩き込むのだ。

秋山がすっと腰を落とし、片膝を立てた。その足の形は、犬拳やヌーディーと共通だった。秋山は伸ばしたほうの足で、屋部の膝をおさえていた。本来なら蹴り折っている。

だがただおさえているだけではなかった。秋山の足は、膝の外側の陽陵泉《ようりょうせん》というツボを圧迫しているのだ。

陽陵泉は胆経《たんけい》の経路上にあるツボだ。

屋部は、顔をゆがめて、右の上腕をおさえた。そして、おさえられているほうの膝を曲げて、すわり込んだ。秋山は立ち上がった。

屋部は、顔をゆがめたまま、秋山を見上げた。秋山も極度の精神集中のために呼吸を乱し、汗を流していた。

「何が起こったんだ？」

陣内が陳果永に尋ねた。陳は、熱に浮かされたような口調でこたえた。

「今、俺たちはすごいものを見たんだぜ。こんな勝負は滅多にない。屋部は完全に間合いを盗んで、突いていった。すばらしい一撃だった。しかし、秋山は、さらに早く屋部にインファイトし、屋部の突きを受け、それと同時に、喉を決めた。しかも、受けた場所は、肘の脇の小海《しょうかい》というツボだ。打つとしびれるところがあるだろう。そこだ。次も同じだ。秋山は決めをゆるめた。とたんに屋部が容赦ない攻撃をした。だが、秋山はあっさりと、陽陵泉のツボを決めた……」

秋山は席に戻って眼鏡をかけた。

澪は目を大きく見開いたまま、ただ黙って秋山の顔を見つめているだけだった。

彼は居心地が悪かった。初めて澪に技を見せたのだ。だが、そうする以外になかったのだ。彼は自分に自分でそう言い訳していた。

「僕たちが身につけているのは、伝説のとおり、三つに分けられた武術です。今、手合わせをしてみて、よくわかりました」

秋山は言った。「僕たち三人は『犬神』を祭った武術家たちの子孫なのです」

新大久保のチャイの店を中心に、アメーバが増殖するように、不正入国者たちのねぐらが広がっていった。

それは、ビルとビルの間の細い路地をじわじわと侵食していった。

スラムのない大都市といわれた東京に、スラムが生まれ始めたのだった。

警察署の浄化活動がたちまち強化された。新大久保一帯は特別パトロール強化地区に指定された。

チャイにとっては、ありがたくない風潮になってきた。

チャイの店の周囲がスラム化する。そこを警察が取締まる。たしかにイタチごっこではあるが、それだけ頻繁に警察が出入りするということになる。

警察の眼を警戒して、麻薬の供給者がチャイの店に近づけなくなったのだ。また、バイ人たちを呼び寄せることも危険になった。

ついにチャイは、今の店を出ることにした。金ならある。

安アパートのなかには、国籍を問わず部屋を貸すところがあるだろう。もし部屋が借りられなかったら、安ホテルに泊まってもいい。

とにかく商売の場所を移さなければならない——チャイはそう考えていた。

そしてチャイはそれを実行した。とりあえず、新宿へ出てホテルの一室を借りた。

チェック・イン、チェック・アウトの際に、フロントの係員と顔を合わせなくて済むということで一時期話題になったシティ・ホテルだ。

チャイは、そこからシド・フォスターに電話した。

受話器は外されたが、何の返事もない。

チャイは言った。

「俺だ。商売の場所を変えなければならなくなった」

「待て……。いつ変えるんだ?」

「もう移った。場所は……」

「ばかめ……。監視されているとは考えなかったのか?」

「俺は今まで無事だった」

「一網打尽にするために、泳がされていたのかもしれない。いずれにしろ、あんたがあの場所を出たのはまずかった」

「あそこは危険になっていたんだ」

「しばらくほとぼりを冷ますくらいの知恵はなかったのか？」

「おい、誰に向かって口をきいている」

「この電話も危ない。盗聴されているかもしれん。とにかく、当分、商品を渡すことはできなくなった」

「待て……」

電話は切れた。


チャイがあの店を捨てたことは、シド・フォスターにとっても不都合だった。新大久保一帯で警察のパトロールが強化されたことは知っていた。

だが、シドはチャイが、もう少し利口に振る舞うと期待していたのだ。

これで、チャイを通じて薬を流すルートは閉じられた。新しい販売ルートをさぐらねばならない。

日本の暴力団と組むわけにはいかなかった。暴力団には常に警察の眼が光っているし、内通者がいる場合もある。

一番可能性があるのは、台湾人ルートだった。

台湾人で飲食店を経営している連中のなかには、タイやフィリピンの女性をコールガールとして使っている者がいる。

そういった経営者を何人かつかまえれば薬もさばくことができるに違いなかった。

とにかく、一度、マーヴィン・スコットと話し合わなければならないとフォスターは思った。


秋山、屋部、陳、そして澪の四人は、アメリカから三人の謀略戦のプロが、日本に侵入し、密かな破壊工作を進めているという話を、陣内から聞かされた。

秋山と澪は以前、石坂研究室でその話を聞いていたが、詳しく説明されると、また新たな衝撃を受けた。

「そんな話を、俺たちに聞かせてどうするつもりだ？」

屋部長篤が言った。陣内は落ち着きはらってこたえた。

「あなたがたを雇いたいのですよ。カウンター・インテリジェンスの工作員として」

「カウンター・インテリジェンス？　何のことだ？」

「対敵諜報活動だよ」

陳果永が言った。「つまり、三人のアメリカ人と戦え、ということだ」

「政府の諜報機関が一般人の非合法工作員を雇うという話は聞いたことがあるが……」

秋山は言った。「自分がその場に立ち会うとは思わなかった……」

「俺は中国人だよ」

陳果永が言った。「アメリカと日本の戦いに付き合わなきゃならない理由はない」

陣内は陳に言った。

「アメリカの工作員が、虹玉幇に武器を渡したのです」

陳はとたんに表情を固くした。

陣内はうなずいた。

「そうです。あなたのお友達は、アメリカ人が大量に銃を持ち込んだために犠牲になったのです」

陳果永は沈黙した。

「戦えというなら戦うが……」

屋部長篤が言った。「政府が相手をしてもかなわぬ敵に、俺たち三人でどうしろと言うんだ？」

陣内はかぶりを振った。

「日本政府は、まだ戸惑っているのです。正確に言うと、まだ誰も三人の工作員と戦おうとはしていません。ある者は法で裁こうとし、ある者は政治的決着が可能だと信じています。アメリカが、本気で日本に戦いを挑んでいることを信じようとしないのです。このままでは日本はいいようにやられてしまうでしょうね」

「戦争と犯罪者の検挙は、まったく別のものだ」

屋部が言った。

「おっしゃるとおりです。私は、今から、政府の諸機関を説得して動かすより、民間人を金で雇ったほうが、ずっと話が早いと考えています」

「その上」

屋部が言う。「後に、アメリカの工作員を殺したのが政府の正式な機関でないことが、言い訳の際に大いに役に立つ」

「それも否定はしません」

「俺はかまわん」

屋部はうなずいた。「修行してきた腕が存分に生かせるのだからな。考えようによってはまたとない機会だ」

　陣内は陳を見た。陳はそれに気づいた。

「条件がある」

　陳が言った。

「何でしょう」

「俺の友達を撃ち殺したやつは、この手で片付けさせてくれ。かたきを取りたい」

「中国人というのは律儀ですね。……何とかしましょう」

「ならば、俺も話に乗ろう。ただし、日本のためにやるわけじゃない。かたき討ちの一環だ」

「秋山さんは？」

　陣内に尋ねられて、秋山は当惑していた。

　陣内の要求は、最初に話を聞いたときから当然予想しておかなければならないことだった。

　だが自信がなかった。秋山は、テロリストと渡り合うような訓練など一切受けていないのだ。

秋山はそのことを正直に言った。

「僕の武術が、本物のテロリスト相手にどれくらい役に立つか自信がない……。それに、僕は司法機関や軍隊の訓練なんか受けてませんし……」

「必要ないさ」

陣が言った。「殺《や》るか殺られるか、だ。弱気になったほうが死ぬ。それだけだ」

秋山は嫌な気分だった。どんどん深みにはまっていくような気がする。

「ご心配なく」

陣内が言った。「あなたがたを、政府の諸機関がバックアップします。すべてを、三人に押しつけるわけではありません」

秋山は、もう退《ひ》くに退けないところに来てしまったことを悟った。

腹をくくるときが来たのだ。いつかはこんなときが来るのだろうと考えていたような気がする――彼は思った。

秋山は陣内に向かってうなずいた。

そして、澪の顔を見た。

「君がいつも言っていた、クラーク・ケントが眼鏡をはずすときがきたのかもしれないな」

陣内は、満足げに秋山を眺めていた。

17

シド・フォスターは、マーヴィン・スコットに連絡を取り、ＭＤＭＡ販売のルートを変えることを話した。

マーヴィン・スコットは、ジョン・カミングスが千華幇の呉孫淵に釘を刺してきたことを話し、ＭＤＭＡ販売の新しいルートとして、千華幇を当たってみてはどうか、とアドバイスした。

「考えてみよう」

シド・フォスターは言った。

「それから……」

マーヴィン・スコットが最後に付け加えた。「潜入してから日が経った。日本の公安当局もばかではない。そろそろ電話があぶなくなる頃だ。今後は電話での話には注意することにしよう」

「わかった」

ふたりは電話を切った。

シド・フォスターは、しばらく考えてから スコットに教わった呉孫淵の電話番号にダイヤルした。

電話が通じると、相手は「はい」とだけ言った。

フォスターは北京語で言った。

「呉孫淵に伝えろ。これからあるアメリカ人が、友好の印に、でかい儲《もう》け話を持っていく、とな」

相手が何も言わぬうちに、フォスターは電話を切った。

これで相手は激しく迷い始めるはずだ。当然、警戒もし、怒りもするだろうが、同時にわざわざ相手が出向いてくるのはなぜかという疑問が湧《わ》いてくるのだ。でかい儲け話という言葉に対しても、好奇心を抑えきれないだろう。

結局、呉孫淵は、警戒しながらも会わずにいられなくなるのだ。

シド・フォスターは、コカインとＭＤＭＡのサンプルを持つと、三軒茶屋のホテルを出た。

呉孫淵は明らかに怒っていた。

手下がカミングスに手ひどく痛めつけられたのだから当然だとフォスターは思った。

今、凶悪な眼つきでフォスターを睨みつけている連中は、別にけがをしている様子はないので、ボディガードを入れ替えたのだろう。

「きさまらアメリカ人は頭がおかしいのか？」

呉孫淵は言った。「突然、殴り込んできたと思ったら、今度は丸腰で商売の話を持ってくる」

「許してはならないことは断固許さない。だが、そうでない場合は、常に友好を望む」

「信用できんな……」

呉孫淵は言ったが、机の上に置かれたコカインとエクスタシーの魅力には勝てないようだった。

最近、東南アジアからのヘロインが手に入りにくくなっている。それに、今やヘロインではなくコカインの時代なのだ。

「だが商売ということなら、考えないでもない」

　呉孫淵は言った。

「そう」

　フォスターはうなずいた。「純粋なビジネスだ」

「よかろう」

　呉孫淵は、商談に入った。

　話はすぐに済み、千華幇が新宿に持っている飲み屋で取り引きすることに決まった。

　シド・フォスターは、呉の部屋を出た。

　彼は、充分に周囲に気を配っていたが、どこか日本の情報網を甘く見ているところがあった。

　警視庁公安部外事課は、向かいのアパートの一室から、呉孫淵の部屋へ出入りする人間をマークしていた。望遠レンズのついたカメラを構えていたのだ。

　シド・フォスターが初めて確認された。公安にとっては思ってもいない大物を見つけたというのが実感だった。

　彼らは、虹玉幇との抗争を警戒していたのだ。

すぐさま無線連絡が取られ、覆面車と、私服捜査員による包囲網が作られた。公安が『ハコ』と呼ぶ尾行方法だ。対象の人間を囲んだまま移動していくのだ。高度な尾行テクニックだった。

フォスターは、まっすぐ部屋を借りている三軒茶屋の滞在型ホテルに帰った。ついに、日本の警備・司法機構は、テロリストの尻尾《しっぽ》をつかまえた。

呉孫淵の部屋に出入りする人間は、ほとんどすべてカメラに収められていた。

シド・フォスターがその部屋を訪ねたということで、写真の洗い直しが行なわれた。白人男性が三人いた。そのなかにホルスト・マイヤー老人の写真もあった。

警視庁刑事部鑑識課の特殊写真係は、これらの写真のコンピューター解析を行なった。

顔写真のコンピューター解析はすばらしい結果をもたらした。ホルスト・マイヤーの顔が、実際にはそれほど年を取った人間のものでないことを明らかにしたのだ。

単純なモンタージュ操作で髪と眼の色を変え、しわに見せかけた歪《ゆが》みの陰翳《いんえい》を取り去ると、そこにジョン・カミングスの顔が浮かび上がった。

ジョン・カミングスは、老人の姿で歩き回っていることが明らかになった。

その老人の写真はコピーされ、都内中に配布されると同時に、内閣情報調査室及び危機管理対策室に送られた。

屋部長篤は、髯を切りそろえ、髪を、人目を引かない程度の長さに切った。それだけでずいぶんとすっきりした印象になった。

陣内は彼に、ジーンズのジャンパーとジーパン、ダンガリーのシャツ、編み上げのジャングル・ブーツを与えた。

ジャングル・ブーツは屋部の注文だった。底は頑丈だし、軽い。歩きやすさは最高だ。それに蹴りを出したとき、普通の靴は脱げてしまうおそれがある。

屋部は何とか人目につかない恰好に落ち着いた。

秋山、陳、屋部の三人は、自分たちの技について熱心に語り合った。

その結果、確かに明確な三つの区別があることがわかった。

陳果永には、足を多用する技と、地を転がりながら戦う独特の体術が伝わっていた。変幻自在の動きだ。

屋部長篤には、すさまじい破壊力を身につけるための鍛錬法と、棒を中心とする古流の武器術が伝わっていた。剛の部分が中心になっている。

屋部の蹴りや突きは一発一発が爆弾のような威力を持っており、体は鋼《はがね》のように鍛えてあった。中国武術ではこうした鍛錬を外功と呼ぶ。外功の著しい特徴は、例えば、拳にできたたこに代表される。

屋部の手足は凶器そのものだ。

秋山隆幸が伝承したのは、外功に対して、内功が主だった。内側の気を練るのだ。そのため、鍛錬の痕跡《こんせき》がほとんど残らない。

そして、技の中心は、経路にそった穴――いわゆるツボを突くことだ。ツボを攻撃するため、関節技も多く学んでいる。

関節技というのは、関節の可動範囲の逆に力ずくで固めるもののように思われがちだがまったく違う。関節にあるツボを決めるのだ。すると、ごくわずかの力で相手を完全に無力化できるのだ。

屋部、陳、秋山、そして澪に、ひとつの事務所が与えられた。陣内が用意したのだった。

それは一番町のフロント付きのマンションの一室だった。人数分の机があり、電話が引かれている。回線は一本だが、四つの電話機でその回線を共有している。

『外交研究センター』――それが、彼らの事務所の看板に書かれている名前だ。同時に、『外交研究委員会』というのが、彼ら四人のコードネームとなった。

屋部と陳は住むところがなかったので、この事務所で寝泊まりすることにした。雨風さえしのげればいいという連中だ。どんなところにでも住むことができる。彼らにとってはこの事務所は上等すぎるくらいだ。

秋山と澪は、この事務所に通勤してくることにした。

「何だか妙ね」

事務所からの帰り道、澪は秋山に言った。

「毎日あの事務所に通勤して、何をしていればいいのかしら……」

「待っていればいいのさ」

秋山は言った。「戦う相手を指示されるのをね」

そう言って、彼はぞっとしていた。

今までは、環境の変化の波に押し流されているようで気ぜわしく、自分の立場をあらためて考えている余裕がなかったのだ。

学者の卵としての興味も働いていた。石坂教授の予言が的中し、感動していたのだ。

しかし、今、自分の立場を思いやると、つくづくとんでもないことになってしまったという気がした。

これから自分がやろうとしていることは、これまでの人生ではまったく考えられない、殺し合いなのだ。

屋部長篤はいいだろう――秋山は思った。彼は、これまでも命がけの戦いを続けてきたのだ。

陳果永も、秋山の想像を絶するつらい生活を乗り越えてきたに違いない。戦いに巻き込まれることなど、たいしたことと思っていないかもしれない。

何より彼には仲間のかたき討ちという明確な目的がある。

確かに屋部長篤には勝った――秋山は考えていた。しかし、あれが勝負のすべてではない。

本当の殺し合いだったらどうだろう。

喉を決められながらも、しゃにむに屋部が、一撃必殺の蹴りを繰り出していたら……。

殺されていたのは自分のほうかもしれない。いや、その可能性のほうが大きいと秋山は思った。実戦とはそんなものだ。

陣内に戦うことを依頼されたときに、腹をくくったつもりだった。

だが、実際に戦いの準備が始まると、さすがに不安と恐怖がつのった。

彼は長い間、武術の修行をしてきた。しかし、実戦でどれだけ役立つかはまるで未知数なのだ。

「とんでもないことに首を突っ込んでしまった——そう後悔しているんでしょう」

澪が言った。

「そのとおりだよ。この身に何が起こるのかを考えるとおそろしくてたまらない」

「正直なのね」

「君を相手に虚勢を張ってもしょうがない。今はやせがまんするしかないんだ」

「だいじょうぶ。きっと『犬神』が三人を守ってくれるわ」

「非論理的だが——」

秋山は澪を見た。「それを聞いて、気が楽になったような気がする」

危機管理対策室で、下条は陣内をまえに、目を丸くしていた。

「伝説の武術家たちを見つけた……」

「はい……」

「それで、彼らを、非合法工作員として雇ったというんだな」

「彼らのコードネームは『外交研究委員会』です。一番町に連絡基地を設けました」

　下条は考え込んだ。

「三人のテロリストのうち、シド・フォスターの居場所がわかった。ジョン・カミングスが老人に変装して出歩いていることも確認できた……」

「知っています。残るふたりの所在が明らかになるのに、そう時間はかからないでしょう。そこで、です。三人を見つけたときにどうするか、が問題です。監視だけではだめです。すべて後手に回ってしまうでしょう。こうしている間にも、新大久保のスラムは広がり、新型麻薬は浸透していきます。

　二つの台湾マフィアの抗争は激化し、日本の暴力団も黙ってはいられなくなります」

「事態はテロリストの思惑どおり運んでいるというのだな？」

「間違いなく……。『外交研究委員会』の強味は奇襲をかけられるということです」

「敵は、わが国が非合法な反撃をするのを予想していないという意味か？」

「予想はしているでしょう。しかし、その方法が問題なのです。敵は、三人の武術家の身分を調べようとするでしょうが、おそらく、何ひとつわからないでしょう」

「自衛隊か機動隊の特殊部隊にまかせたほうがよくないか?」

「自衛隊は最後の最後まで動かしたくありませんね。また、警察に非合法活動を命ずることは、今の段階ではひかえたほうが賢明だと思いますが……」

下条は、背もたれに身をあずけて、しばらく宙を見つめていた。

やがて彼は言った。

「わかった。君のやりかたを採用しよう」

一番町の『外交研究センター』に、陣内がやってきた。午後三時で、秋山、屋部、陳、澪の四人は全員顔をそろえていた。

陣内は四人に言った。

「三人の工作員のうち、ひとりの所在がわかった」

彼は、封筒から書類を出して四人に手渡した。書類には写真がついていた。

陣内が説明した。

「シド・フォスター。現在、三軒茶屋にある滞在型ホテルに泊まっている。次の写真はジヨン・カミングス——その次の写真の老人と同一人物だ。彼は変装が得意だ。もうひとりが、マーヴィン・スコット。この男が作戦の中心人物のようだ。はっきりしていないがCIAの局員ということも考えられる」

秋山はシド・フォスターのプロフィールを読んで、驚き、かつ魅了された。

シド・フォスターは、MITで学位を取ったにもかかわらず、エリートの道を捨て、軍隊に入った。陸軍だった。陸軍では、モンロー効果を巧みに利用した数種の新型爆弾を開発した。

その後、パナマに出兵。帰国して除隊した。軍隊を去ったのは、戦うことがいやになったからではない。

その逆で、さらに過激な戦いを求めて、海外へ渡った。傭兵《ようへい》として各紛争地帯で戦ったが、その間に、ゲリラ戦に熟練した。

やがて、CIAが彼をスカウトしたが、フルタイムの仕事を嫌った。今では、フリーランスで、時折、こうしてCIAの仕事もこなしているというわけだった。

「彼は、滅多に銃を使わないって……?」

陳果永が言った。「傭兵上がりにしちゃ、珍しいな……」

「格闘術に自信があるらしい。米海兵隊のマーシャルアーツ、陸軍のナイフ格闘術、フランスのサファーデ、ソ連のサンボ……。そういったものをマスターしているらしい」

「まずは、この男を倒せというわけか？」

屋部長篤が言った。

陣内はうなずいた。

「作戦行動が不可能な状態にしていただきたい」

「つまり、本人がアメリカへ逃げ帰らざるを得なくなる状態にすればいいということか？」

「そう。撃退してくれればいいのです。さもなくば」

陣内は平然と言った。「殺していただきたい」

屋部長篤は、ジャングル・ブーツのひもを結び直した。そして、風呂敷包みのなかからヌンチャクを取り出して、腰に差した。

木の部分が短く、ひもが長い特殊なヌンチャクだ。その上からジーンズのジャンパーを着た。

陳果永は足に、アスレチック・テープで、ナイフを貼りつけていた。刃渡り十五センチほどのコンバットナイフだ。彼はコットンパンツにTシャツ、それによれよれの麻のジャケットという出立《いでた》ちだった。

秋山は、どうしていいかまったくわからなかった。隠し武器の用意もない。情けない話だが、体がかすかに震えている。

とにかく、秋山は、ふたりに従うことにした。

彼はボタンダウンのシャツに、グレーのスラックス、ネイビーブルーのブレザーという恰好だ。

熱田澪が心配そうに三人を見ている。

屋部が勢いよく床を踏み鳴らした。

時計を見た。午後八時になっていた。

「よし、行くか」

屋部長篤が言った。「戦闘開始だ」

三人は部屋を出た。

18

陳果永がシド・フォスターの部屋のドアをノックした。

返事はない。だが、秋山は確かに部屋のなかに人の気配があるのを感じていた。彼は、自分にそんな鋭敏な感覚がそなわっているとは思ってもいなかった。

陳果永は言った。

「シド・フォスターさんですね。警察です。ちょっと、うかがいたいことがあります」

まだ返事がない。

「素直に指示に従っていただかないと少々困ったことになります。われわれは、ここに合い鍵を持っています」

陳は嘘を言った。「この鍵で部屋に入ることもできますが、できれば、事を荒立てずに話し合いたい。聞こえてますか？　フォスターさん」

しばらくして、鍵が外れる音がして、ドアが開いた。だが、チェーンがまだかかっている。

茶色の眼が睨み返してきた。

「警察？」

フォスターは日本語で言った。「警察がいったい何の用です？」

「実は、あなたが麻薬を所持しているという通報がありましてね。お部屋のなかを調べさせていただきます」

「身分証は？」

陳はうなずいて、内ポケットに手を入れた。屋部に目配せをした。

その瞬間に屋部はドアを蹴った。一瞬にして腰が切れ、体重が見事に乗った理想的な前蹴りだ。

ドア・チェーンこそ切れなかったものの、その止め金が蹴りのすさまじい衝撃に耐えきれなかった。止め金ははじけ飛んでドアが開いた。

シド・フォスターはすばらしい反射神経を見せた。ドアのそばから、飛びのいて低く構えたのだ。

陳、屋部、秋山の順で部屋に飛び込んだ。秋山は、頭の芯《しん》が急速に熱くなるのを感じていた。

目のまえの光景にまるで現実味がなかった。

「秋山」

陳がフォスターを睨みすえながら命じた。

「ドアを閉めるんだ。早く！」

秋山は言われたとおりに動くしかなかった。彼は、まるで自分が子供になってしまったように感じていた。

シド・フォスターはあわてているようには見えなかった。

米陸軍式に――あるいはサンボ式に――前かがみになって低く構えている。フォスターは充分に警戒している。

彼は屋部の蹴りの威力を見ている。どういう連中がやってきたのか、だいたい想像はついているはずだった。

秋山はドアのまえに立っていた。

そのまえに陳がおり、屋部はじりじりと左側へ回った。

秋山は、知らぬうちに何度もつばを呑み込んでいた。喉がかわき、舌が冷えてしまったような感じだった。

シド・フォスターは無駄口はいっさい叩かなかった。秋山には、彼が生きのびることだけを考えているように見えた。

ちょうど追いつめられた獣が、逃げることだけを——あるいは戦うことだけを考えるのに似ている——秋山はそう感じていた。

屋部と陳は少しずつフォスターに近づいていった。

最初に攻撃をしかけたのは陳果永だった。日本の武術と中国の武術は似ているといわれるが、中国武術のほうがかなり攻撃的だ。

中国武術は、平撃で上を攻め、すぐに脚（蹴り）で下を攻める。拳が不発となれば、すぐさま肘に変化し、肘でもだめなら、肩を使い、それでも相手の体勢が崩れなければ体当たりをする。

矢継ぎ早の手足の連係は、日本の武術にはほとんど例をみない。

陳果永は、鋭く踏み込んで縦拳を出した。足を強く踏み鳴らした。これは震脚といって、突きの威力のために大切な動作だ。

フォスターは、スウェイバックして見切る。

陳果永はすぐに逆突きを出した。中国武術では拗歩《ようほ》平撃という。

フォスターはそれを外側から、てのひらで叩くように払った。ボクシングでいう、パリーという防御だ。

すかさず、陳は右の蹐《しゃく》を出した。空手の前蹴りに似ているが、爪先で蹴り上げるところが違う。

フォスターは、辛うじてそれを右へサイドステップしてかわした。

とたんに、フォスターは屋部の間合いに入っていた。

屋部は鍛えに鍛えた正拳の一撃を発した。拳は風を切った。

フォスターは、ついに反撃に出た。屋部の拳を巻き込もうとしたのだった。

魔法を見ているようだった。

屋部の体が宙で弧を描いたと思うと、陳果永に向かって叩きつけられた。

サンボの投げだった。

フォスターは、複数取りを心得ている。秋山にはそれがよくわかった。

まず複数に囲まれたときは、敵の体を巧みに利用して、他の敵の障害物にするのが鉄則だ。これを「崩し」という。

日本の武術でもかつては、敵に囲まれた状態を想定して「抜き・崩し・破り」という稽古をした。相手の陣営を崩し、そこをいかに破ったり、抜け出したりするかという練習だ。フォスターがそれを知っているのは当然だ。秋山はそれに気づいた。ゲリラ戦では複数の敵を相手にすることは珍しくない。それこそが実戦なのだ。

フォスターは、屋部の体を障害物として利用し、陳にぶつけた。ふたりを同時に無力化したのだ。

次の瞬間にフォスターが腰のうしろからナイフを抜いた。ブレードが厚いサバイバルナイフだ。ブレードは鈍く光っている。いくつもの戦場をこのナイフとともに生き抜いてきたに違いない。

秋山は体が凍りついたように感じた。

目のまえのできごとがスローモーションのように感じられる。視界のすみは霞《かすみ》がかかったようになっている。

フォスターがナイフを片手に、秋山のほうに突進してきたのだ。

歯をむき出して闘志を露わにしているが、それに反して眼はおそろしく冷たい感じがした。

フォスターはナイフ使いのプロでもある。最も近いところにある急所や動脈を狙う。

あまり知られていないが、プロが狙うのは手首なのだ。知らずに、手を前に出して構えていたらざっくりと切り裂かれる。

そうしておいて、二撃目でとどめを刺すのだ。

「危ない！　手首だ！」

陳が叫んだ。

秋山は、その言葉の意味が咄嗟に把握できなかった。思考力が麻痺しているのだ。だが、長年の武道習練のおかげで、体が自然に動いた。

フォスターは素早くナイフを翻した。その刃先がわずかに秋山の手首をかすった。秋山は辛うじてかわしていたのだった。

フォスターはすかさず、横に払ったナイフを突き出してきた。

秋山は、相手が本気で自分を殺そうとしていることを初めて実感した。

今まで、理解はしていたが実感できなかったのだ。

すさまじい恐怖感だった。だが、同時に相手に対する憎悪と怒りもあった。生物は、自分の存在をあやうくする相手を激しく憎むものなのだ。

フォスターが突いてきた瞬間、秋山の体は反応していた。

出会いをとらえるのが秋山の技の特徴だ。武道では「先《せん》の先《せん》」をとらえるという。

左手でナイフを持つ手を受ける。同時に右手は相手の首にかかっていた。

一歩踏み込むと、フォスターは倒れた。

フォスターが倒れたときには、秋山は左手で手首にある太淵《たいえん》のツボを、また右手で、首の脇の天鼎《てんてい》のツボを圧していた。

フォスターはショックを受けたようだった。ただおさえられているだけで信じ難い痛みを感じ、身動きが取れないのだ。ナイフはすでに取り落としていた。

ここまでは秋山の見事な勝ちだった。武道の試合ならここで終わりなのだ。

だが、実戦はそこから何をするかが大切なのだ。

秋山にわずかな戸惑いがあった。そのまま天鼎を強く圧すれば相手は気を失うだろう。そこに強く手刀でも打ち込もうものなら、フォスターは死んでしまうかもしれない。

そのわずかな戸惑いが隙となった。

フォスターは、ぐったりした状態から、いきなり跳ね起きた。

秋山は虚をつかれた。フォスターは秋山の決めを逃れていた。さっとナイフを拾う。

フォスターはまったく迷わず、秋山の頸動脈めがけて切りつけた。

正確な攻撃だ。秋山は動けなかった。

鋭く光る肉厚のブレードが首に迫った。秋山は、生まれて初めて死を意識した。

だが、フォスターのナイフは秋山の首には届かなかった。

陳果永が、右足でフォスターのナイフを持つ右手を蹴り上げていた。間髪入れず、左足がフォスターの胸板を蹴っていた。二起脚《にききゃく》――空手で言う飛び二段蹴りだ。

フォスターは、もんどり打って転がった。

彼の目のまえにドアがあった。

フォスターの動きにまったく淀《よど》みはなかった。ドアを開けて外へ飛び出した。

屋部がすぐさま追っていった。

陳は秋山に尋ねた。

「だいじょうぶか?」

秋山は蒼白《そうはく》な顔でうなずいた。

ナイフが首に迫ったときの恐怖は決定的だった。秋山はほとんど金しばり状態になっている。

だが、その恐怖とある種の怒りが、秋山の心に変化をもたらした。

秋山はあの瞬間に、明らかに変わった。あのときに一度死に、生まれ変わったと言ったほうが、今の状態をうまく言い当てているかもしれない。

秋山は、立ち上がった。

初めての実戦が、百の訓練よりも秋山に大きな影響をもたらしていた。

それは、少年時代のたった一度の勝利が、屋部長篤の人生を変えたのに似ていた。

秋山の心から恐怖が急速に遠のいていった。

彼は、次第に、叫び出したいほどの高揚感に駆られてきた。これこそが戦うということだ――秋山は心のなかで叫んでいた。

これこそが、生きるということだ。

じきに屋部が戻ってきた。

「だめだ。取り逃がした」

屋部が言うと陳はうなずいた。

秋山がうめくように、つぶやいて、屋部と陳を驚かせた。

「シド・フォスター……。今度、会ったら、ただじゃおかない……」

屋部と陳は秋山の変化に気づいた。彼らは秋山が戦士の眼をしているのに気づいたのだ。

警察と公安調査庁、そして陸幕調査部は、白髪で茶色の眼をした白人の老人の行動を全力で洗った。

その結果、新宿ヒルトン・ホテルで、商談をしているところを目撃されていることがわかった。

ホテルの従業員は、老人の写真を確認した。商談の相手がマーヴィン・スコットであることもわかった。

外国人向けの不動産関係を当たっていた捜査陣は、ホルスト・マイヤーという老人が代官山の外国人専用マンションに最近部屋を借りたことをつきとめた。

近所の人にカミングスが変装したときの写真を見せると、ホルスト・マイヤーと同一人物であることが確認できた。

それらの報告が、陣内のもとへ次々と入ってきた。

「マーヴィン・スコットの居どころはまだつかめないのか?」

陣内は調査官のひとりに尋ねた。

「まだです。だが、ここまできたら、時間の問題でしょう」

「マーヴィン・スコットがキーマンだ。やつをおさえない限り、やつらは作戦をあきらめない」

「わかっています」

陣内の机の電話が鳴った。

陣内は部下にうなずいて用が済んだことを知らせてから受話器を取った。部下の調査官は陣内の席をはなれた。

「『外交研究委員会』です」

澪の声だった。

「……それで？　首尾は？」

陣内はそれだけ尋ねた。『外交研究委員会』の存在は、情報調査室内でも限られた人間にしか知らせていない。室長は知らない。

「シド・フォスターには逃げられました」

「けが人は？」

「こちらは全員無事です」

陣内は満足していた。奇襲ではあったが、あの三人は充分にアメリカのプロフェッショナルと渡り合ったことを意味しているのだ。

「みんなそこにいるのか?」

「はい」

「詳しく報告を聞きたい。これからそちらへ行こう」

「わかりました」

電話が切れた。濤は『外交研究委員会』の連絡係を買って出たのだ。余計なことを一切言わない点が、陣内は気に入っていた。

シド・フォスターは新玉川線の三軒茶屋の駅にいた。

部屋を出てから、人混みのなかを歩き、尾行者をチェックした。確かに尾行されているようだった。

彼は今まで不注意だった自分をなじった。

フォスターは尾行者を引っ張ったまま公衆電話のところへ行った。

マーヴィン・スコットに電話した。電話番号がまわりから見えないようにかがみ込むようにしてダイヤル・ボタンを押した。

電話がつながっても、むこうは何も言わない。フォスターは、周囲にさりげなく気を配りながら言った。

「シド・フォスターだ。話がある」

「どこからかけている」

「三軒茶屋の駅だ。公衆電話だ」

「オーケイ。公衆電話なら安全だろう。何だ？」

「ホテルの部屋で襲撃された」

スコットは沈黙している。

彼にはその一言で充分なのだ。彼はいろいろなことを知ったことになる。

まず、シド・フォスターの居場所が日本の当局に知られたこと。そして、日本側は、法で彼らを裁くという方針を変えたこと。日本政府も非合法工作に踏み切ったのだ。

フォスターは言った。

「今も尾行がついている。これから俺は尾行をまくか片づけるかして、安全なねぐらを探さなければならない」

「部屋は何とかしよう。少し時間がかかる。それまでどこかに潜んでいてくれ」

「わかった。また連絡する」

フォスターは、電話を切った。尾行をまく自信はあった。だが、ただ逃げるだけではどうにも腹の虫がおさまらない。

尾行者たちを、人気のないところまで引っ張って行き、そこで蹴散らしてやろう――彼はそう決めた。


話を聞き終わった陣内は、三人の顔を見回して言った。

「一度目の仕事としてはまずまずでしょう。だが、今度は、敵はもっと手強《てごわ》くなっているはずです。敵はこちらが戦うつもりだということを知ったのです。以前より用心深くなっているでしょうからね」

「わかっている」

屋部長篤が言った。「もう奇襲は効かん。そればかりか、今度はこっちの寝込みを襲われかねない」

「そういうことだな」

陳果永が言った。「やつらがここをつきとめたら、必ず手を打ってくるだろう」

「やつらがここをつきとめるまえに、やっつけちまえばいいんだ」

物静かだが自信に満ちた口調で秋山が言った。「地の利はこちらにある。そして、僕たちのバックには、日本のすべての情報網がある。そうだろう」

「そのとおりです」

陣内はこたえた。「謀略戦については、あなたがたはプロとはいえません。だが、私たちがバックアップして、かなりの部分を補うことができるでしょう」

陣内は、新しい書類を四人に配った。

「ジョン・カミングスの住所と経歴です。次のターゲットですよ」

四人は書類を見た。

ジョン・カミングスはベトナム帰りだった。職業軍人でグリーンベレーに配属されており、退役したときは少佐だった。

彼は世界中のあらゆる武器に精通しており、爆破の技術においても一流だった。

その後、ニカラグアで戦い名を上げた。

戦場から戻ったカミングスは、世界中でその腕を生かして稼ぎ回った。いわゆるプロフェッショナルとなったのだ。裏の世界で名の知られたひとりになるまでに、それほど時間はかからなかった。

「何か動きがあったら、お知らせします」

陣内はそう言うと去っていった。


「シド・フォスターが襲撃を受けた？」

ジョン・カミングスは、スコットからの電話に眉をひそめた。「フォスターはどうした？」

「うまいこと逃げ出したよ。だが、尾行がついていると言っていた」

「彼にとっては尾行など、どうということはないだろうが……。敵はわれわれのところにも来る可能性があるということになるな……」

「われわれに手を出すとどういうことになるか、思い知らせてやる必要がある」

「どういう意味だ？」

「プラスチック爆弾を軍から取り寄せて郵送する。信管もだ。どこかででかい花火を上げてやってくれ」

「直接の破壊工作をしろということか？」

「場所はどこでもかまわん。派手にやってくれ」

「俺は無差別には殺さない」

「方針を変えるんだな。敵に対する報復でもあり警告でもあるんだからな……」

「だめだ。この主義だけは変えられない」

カミングスの口調はいつになく感情的に聞こえた。スコットは、ベトナムやニカラグアの戦場の記憶のせいだろうと思った。事実、そうだった。スコットは譲った。

「わかった。夜中に、無人のビルでも吹っ飛ばしてくれ。爆薬の量を調節すれば、無駄な犠牲者も出さずに済むだろう。そのへんの加減はお手のものだろう」

「諒解《りょうかい》した」

「充分注意してくれ。言うまでもないことだが……」

電話が切れた。

19

シド・フォスターは、新玉川線に乗り、隣りの駒沢大学駅で降りた。

国道二四六号へ出て、真中《まなか》の交差点を左に入って急ぎ足で歩いた。尾行の連中を引きつけるには、ゆっくり歩くより、速めに歩いたほうがいいのだ。敵は、こちらが何か目的を持っていると感じるだろう。

シド・フォスターは、尾行の人数を確認した。四人ついている。

彼は駒沢公園までやってきて、さっと木立ちの陰に飛び込んだ。

案の定、尾行者たちはあわてて公園内に駆け込んだ。

今度はシド・フォスターが彼らを尾行する番だ。彼はほとんど音を立てず、灌木《かんぼく》にそって移動した。

尾行者は、ふたりずつ二組に分かれた。

フォスターはその一組に近づいた。ひとりが物音に気づいて振り返った。

その瞬間に、フォスターは膝のバネを充分に効かして伸び上がり、体重の乗ったロングフックを見舞った。

相手はフックが二メートルも伸びてきたように感じたはずだ。

フックは、相手のテンプルにヒットした。その一撃で決まっていたが、フォスターは容赦なかった。一気に距離をつめると、崩れ落ちようとする相手のボディに、アッパーを打ち込んだ。

相手はフォスターのほうに倒れようとした。フォスターは、さらに、その顎に痛烈なアッパーを見舞って完全に眠らせた。

その間、一秒を切っていた。

もうひとりの男が罵声を上げてつかみかかろうとした。

フォスターは、されるがままになっていた。相手は柔道の心得があるらしい。フォスターに背負いをかけようとした。

次に起こったことは、相手にとってはまったく信じられなかったに違いない。フォスターの体は、するりと相手の脇をくぐり抜け、背から正面に回っていた。

ふたりは組んだままだった。フォスターは、相手の衣服をつかんで、飛びつき、ぶら下がるような恰好になった。

先に背をつき、両足で相手を決めながら倒す。相手が倒れたときには、十字固めが決まっていた。

サンボの飛びつき十字固めだった。

相手が悲鳴を上げた。フォスターは左足を振り上げ、その踵を相手の顔面に落とした。

鼻が折れるのがわかった。相手は沈黙し、ぐったりした。

悲鳴を聞いて、あとのふたりが駆けつけた。フォスターは、気絶した男からさっと離れて、木の陰に隠れた。

ふたりは用心しながら近づいてくる。リボルバーを抜いて構えていた。

フォスターは手加減も情け容赦も必要なくなったと思った。彼はナイフを抜いた。影のように移動し、ひとりのうしろに回る。相手が気づいたときはもう遅かった。フォスターのナイフが喉をかき切っていた。

血しぶきを上げて倒れる。悲鳴を上げることもできない。

もうひとりが振り返り、銃口を向けた。その瞬間を待っていたように、フォスターはナイフを投げた。

重いナイフが深々と胸に突き刺さった。ナタのように肋軟骨を叩き切って心臓をえぐっていた。

最後の男が倒れると、フォスターは近づきナイフを抜いた。その瞬間に血が噴き出し、フォスターは返り血を避けるために飛びのかなければならなかった。もちろん、彼は慣れていた。ナイフを相手の服でぬぐう。

昏倒《こんとう》しているふたりはそのままに、フォスターはその場を離れた。

「自分の能力に気づくのは悪いことじゃないわ」

『外交研究センター』の部屋を出ると、澪は秋山に言った。「あたしは確かに、あなたが拳法の実力を発揮するときを待ち望んでいたわ。わが家の伝説の実証のためにもね」

「何が言いたいんだ？」

「自分で気がつかない？　あなた、一日で変わってしまったわ」

秋山は自覚していた。今まで、むしろ自分は臆病な人間だと思い込んでいた。武術をやりながらも暴力とは無縁でいたいと思い続けてきたのだ。

だが、シド・フォスターのナイフが迫り、死の一歩手前まで行ったとき、秋山は劇的に自分の思考が変化するのを感じた。変わったというより、何かが目覚めたという気分だった。

本当の秋山隆幸が目覚めたのかもしれない。

「そうかな……」

秋山はとぼけた。「緊張しているせいだろう。なんせ、普通に生きていたら絶対に経験できないような思いをしたんだから……」

「緊張？　そうかもしれないわね……。でも、あたし、何だかおそろしいのよ」

「僕がか？」

「そうじゃなくて、あなたがテロリストたちと同じ世界へ行ってしまうような気がして……」

秋山は、はっとした。自分は戦いに喜びを見出すかもしれない――彼は漠然とそう考えていたのだ。

「そんなことはないさ。僕は、一日も早く大学の生活に戻りたいんだ」

彼は自分に言い聞かせるように言った。そして、心のなかで付け加えた。（君がいてくれる限り、必ず君のいるところへ戻る。だいじょうぶだ）

翌朝、秋山は朝刊を見て怒りを覚えた。

ふたりの私服警官が死体で見つかったという記事が載っていた。ナイフによる犯行だということだ。場所は駒沢公園。三軒茶屋から近い。

記事は犯人については不明と書かれていたが、秋山には明らかだった。シド・フォスター以外に考えられない。

彼は急いで外出のしたくをして部屋を出た。ひとつ間違えば、自分もこの警官のようになっていた――そう考えると、秋山は恐怖よりも乾いた怒りを感じていたのだ。

『外交研究センター』のドアを開けると、屋部と陳が不機嫌そうにコーヒーを飲んでいた。

熱田澪がすぐに立ち上がり、秋山にもコーヒーを入れてくれた。

「ふたりがしかめ面をしてるような気がするんだが、まさかコーヒーのせいじゃないだろうな」

秋山が言った。澪はこたえた。

「朝刊の記事」

「やはりな……」

その記事について三人の男は何も語り合おうとしなかった。

午《ひる》近くに陣内がやってきた。彼は事務的に言った。

「きょうは、マーヴィン・スコットの資料を持ってきました」

四人は書類を受け取った。

スコットについては、カミングスやフォスターほど過去や経歴が明らかではなかった。

陸軍士官学校を出てから、軍隊経験を積んでいる。ベトナム戦争には若き将校として参加している。

だがそれ以上のことは詳しくはわからないのだった。ただ、何度かのフィリピンのクーデター騒ぎ、イラン・コントラ事件、パナマへの米軍出兵など、アメリカがらみの紛争のときに、現場でその姿が確認されている。

そのために彼はCIAの正式な要員ではないかと考えられているのだ。

書類を読み終わると、陳果永が陣内に尋ねた。

「けさの新聞に出ていた警官殺し――犯人はシド・フォスターなんだろう?」

「そうです」

陣内はあっさりと認めた。「四人の尾行者のうち、ふたりは昏倒させられ、ふたりは殺されました。殺されたふたりは銃を抜いていました」

「なるほど、そういうことか……」

陳は言った。「銃を向ける相手には情け容赦なしというわけだ」

「俺だってそうするかもしれん」

屋部が言った。

秋山は何も言わなかった。彼は、今、自分が戦いのなかにいることを実感していた。

陣内が説明した。

「マーヴィン・スコットについてですが、まだ所在がつかめていません。今、捜査当局が全力を上げています。じきに判明するはずです」

「ジョン・カミングスだが……」

陳果永が尋ねた。「攻撃をしかけるのは、いつがいいんだ?」

「むこうもすでにシド・フォスターが襲われたことは気づいているでしょう。警戒をしているはずです。今、公安当局がべったりと張り付いています。何か動きがあったらお知らせします」

陣内は、秋山、屋部、陳の顔を順に見た。三人はうなずいていた。

ジョン・カミングス——ホルスト・マイヤー老人は、午後に速達の小包を受け取った。部屋の鍵をかけ包みを開くと、一ポンドほどの白い粘土のような固まりが顔を出した。合成プラスチック爆薬、コンポジション4——通称C－4だ。

電気信管が二本入っていた。カミングスはあらかじめ、ディスカウントショップで、電池や安物の目覚まし時計、電線などを買い込んでおいた。

単純な時限爆弾がふたつ作れることになる。

カミングスは、すぐに作業に取りかかった。彼はクッキーの箱に、爆弾を組み込み始めた。

ジョン・カミングスが、自分のふたつの作品を小型のトランクに入れて家を出たのは、夜、十一時を過ぎてからだった。

彼はタクシーを拾い都心へ向かった。

もちろん尾行の車がついていた。カミングスはホルスト・マイヤーの姿をしていた。彼は、赤坂見附でタクシーを降りた。

カミングスは、尾行をまくために地下鉄の駅のなかに入っていった。最終電車の時間が近く駅は混雑していた。

彼はトイレに入った。個室に入ると、髪のグリースをぬぐい、ヘアスタイルを少しばかりラフにして若々しく見せた。コンタクトを外す。

黒っぽいズボンと背広は脱いでジーパンとポロシャツに着がえる。ジーパンの腰のところにS&W・M5906を差す。その上から綿のジャンパーを着た。背広とズボンはトランクのなかに押し込んだ。

そのトランクの底から、クッキーの箱をひとつ取り出す。

彼は、狭い個室のなかを見渡し、高い場所にある水のパイプを見つけた。そのまま床に置いたのではすぐに発見されてしまう。

人間は、自分の視点より上にあるものは、あまり気にしないものだ。

カミングスは、クッキーの箱をパイプのうしろに押し込み、用意していたガムテープで止めた。

トイレを出たとき、カミングスは素顔になっていた。そればかりでなく、爆弾を仕掛けるという仕事をひとつ終えていた。

彼はトイレを出ると、銀座線、丸ノ内線の乗り場を通過し、永田町駅へ通じる地下通路を歩いていた。

尾行はまだついてきた。カミングスは、ふたつの顔を両方とも知られていることを知った。となれば、今後はもう変装の必要はない。

カミングスは古典的な手を試みることにした。エスカレーターを下り、永田町の半蔵門線のホームへ行き、電車を待つ。やってきた渋谷方面行きに乗る。

尾行者も確かに乗り込んだ。

発車のベルが鳴る。ドアが閉まる。完全に閉じきるまえに、カミングスは、するりと間を抜けて外へ出た。ドアが閉ざされる。

尾行者を乗せた電車は出発する。カミングスは、その電車に背を向けて、ホームを歩き始めた。電車は最終電車だった。

電車を降りた客が出口へ向かう。

カミングスは、ゆっくりとその人の流れに従った。

エスカレーターを昇って出口へ行こうとしたとき、シャッターを閉めたスタンドが目についた。ＤＰＥのスタンドだった。

カミングスは、荷物を探すようなしぐさで残りの爆弾を取り出した。

人の行き来がとだえるのを見て、そのスタンドのすぐそばにクッキーの箱を置いた。

カミングスは少し離れて、振り返り、スタンドを見た。クッキーの箱はまったく目立たない。

満足して彼は出口から外へ出た。東急プラザホテルの脇に出た。

バーが開いていれば一杯やりながら、作品の効果を見ようと思った。

爆弾は午前二時に仕掛けてある。カミングスは、自分の作品で無関係な市民が死ぬのはがまんできなかった。しかし、破壊工作はただの脅しだけでもつまらない。

交通機関の駅に、真夜中に爆発するような仕掛けを作れば、人は巻きぞえにしなくてすむし、長時間の混乱を――うまくすれば翌日の通勤時間までの混乱を引き起こすことができる。

バーは開いていた。彼はビールを注文し、ゆっくりと飲んだ。

だがじきにバーも閉まり、カミングスは、その向かいにある二十四時間営業の喫茶店に移らねばならなかった。

一目で売春婦とわかる中年の白人女性がカミングスのほうをしきりに見ている。カミングスは無視した。

午前二時。くぐもった音が響き、かすかに地面が揺れた。

カミングスは満足して立ち上がった。

地下鉄・赤坂見附駅と、永田町駅で爆発があったという情報はすぐに伝わった。

その一帯は、たちまち、サイレンと野次馬で騒然とし始めた。

カミングスは、代官山でタクシーを降りた。マンションへ向かって歩いた。一階のロビーに入ると、人影があった。

東洋人だった。郵便受けを見ている。住人のような素振りだ。カミングスは階段へ向かおうとした。

「カミングスさん？」

東洋人が言った。カミングスは気づかぬふりをして、階段に足をかけた。

「虹玉幇に銃を売ったのは、あなただとうかがっていますが……。私の友人ふたりが、その銃で撃たれて死にました」

カミングスは振り向いた。そのときには、すでにＭ５９０６を右手に持っていた。

カミングスはまったくためらわず二連射した。

東洋人――陳果永の動きも素早かった。カミングスの手に銃があると見たとたん、床に身を投げ出していた。

階段の上から駆け降りて来る者がいた。カミングスは、そちらに銃口を向けた。

鋭く空気を切る音がした。カミングスは右手にしたたかな衝撃を受けた。次の瞬間、衝撃は激しい痛みに変わった。

屋部長篤が、ひもの長い特殊なヌンチャクをカミングスの右手に叩きつけたのだった。

M５９０６は、階段に落ちた。

さらに屋部が近づき、ヌンチャクを振ろうとした。

カミングスは、左手をトランクのなかに突っ込んでいた。

「危ない！」

陳果永が叫んだ。

屋部は咄嗟に手すりの陰に隠れた。手すりはコンクリートの壁だ。

トランクのなかで、Ｗｚ63が発射された。弾丸がトランクを破って飛び出し、コンクリートをけずった。フルオート掃射ではなかった。三発ほどのバースト・ショットだ。ちょうど、トランクのなかの背広がサイレンサーの役目をして、音をほとんど立てなかった。

しかし、トランクに突っ込んだまま撃ち続けるわけにはいかない。スライドがうまく作動しない恐れがあるからだ。

カミングスは、左手にＷｚ63を持ちトランクを捨てた。右手はまだ痛んでいた。

M５９０６を拾おうとしたが右手はうまく動かなかった。彼はあきらめて、Ｗｚ63だけを手に外に向かって走った。

陳は床に伏せていた。

カミングスは、そちらに向かってまた、三発ほどバースト・ショットをした。弾は床をけずり、あちらこちらに跳ねた。陳は頭を押さえてじっとしているしかなかった。

外へ出てカミングスは走った。衝撃が伝わると右手がひどく痛んだ。骨が折れているかもしれなかった。

後ろから追ってくる足音がする。カミングスは右手の痛みにいら立ち、ののしった。冷静さを失っている。

彼は、後方にＷｚ63サブマシンガンを撃った。静かな住宅街にフルオートの発射音がとどろいた。すでにマンションで銃声を聞かれているから、警察に通報されているかもしれなかった。

カミングスのまえに、塀の角から急に人影が現れた。カミングスは、後方にばかり気を配っていたので、度肝を抜かれた。

カミングスはＷｚ63をそちらに向けた。その瞬間に、その人影は見えなくなった。

実は、さっとかがみながら、飛び込んできたのだ。サブマシンガンを持つ相手に向かって来る敵など初めてだった。

次の瞬間、右膝にしたたかなショックを感じた。耐えがたい痛みだった。膝を蹴り折られたのだった。

Ｗｚ63を持っていた左手をつかまれた。と思ったら激痛が走った。

手首にある陽池《ようち》、腕骨《わんこつ》、太淵《たいえん》、神門《しんもん》すべてのツボを一度におさえられたのだ。敵のもう片方の手は、喉の両脇の水突《すいとつ》のツボをつまむようにおさえている。

カミングスにとっては、まったく未知の格闘技だった。

ついにカミングスは、サブマシンガンを取り落とした。次の瞬間、地面に投げ出されていた。

うつ伏せに決められ、動けなくなった。ツボをうまくおさえられているのだ。

陳果永と屋部が駆けつけた。

カミングスをおさえつけていた秋山がそちらを見た。

「さ、こいつをどうするか、だ……」

陳はカミングスのＭ５９０６を手にしていた。それで、カミングスの頭を狙った。

屋部と秋山は何も言わない。

陳はトリガーに指をかけた。彼は、一度かぶりを振ると、カミングスのふくらはぎを撃ち抜いた。カミングスはのけぞった。

「これで勘弁してやるか……」

陳が言った。

カミングスは失神した。パトカーのサイレンが聞こえた。三人は、カミングスを、マンションのロビーまで運び、ふたつの銃といっしょに投げ出しておいた。

間もなく警察が来て、カミングスと銃を発見した。救急車が来ると、カミングスは運ばれて行った。

秋山、陳、屋部の三人は、集まり始めた野次馬に混じって、その様子を見とどけた。

20

「かたきを討ちたかったのではないのですか？」

陣内が陳果永に訊いた。陳果永は、肩をすぼめた。

「ジョン・カミングスがふたりを殺したわけじゃない……」

「カミングスは、銃刀法に違反していますし、今や、ゆうべの爆発事件の容疑者です」

「だが、あとのふたりは違う」

秋山が言った。「そうだろう?」

陣内はうなずいた。

「シド・フォスターは、おそらく麻薬取締法に違反しているだろうし、ふたりの警官を殺しているでしょう。だが、証拠がない。警官殺しについても、殺人の瞬間を目撃している者はいないのです。ふたりの同僚は気絶していたのですから……」

「関係ないさ」

陳果永が言った。「忘れたのか?　俺たちはやつらと戦うのが目的だ。ターゲットはあとふたり。さ、早く、やつらを見つけ出してもらおう」

陣内は肩をすぼめた。

「わかっています」

彼は言った。「そこで、相談なのですが――」

シド・フォスターはカミングスが日本の警察に逮捕されたということを知った。

だが、マスコミの報道をそのまま信じたわけではなかった。カミングスほどの男が、そう簡単につかまるわけがない。

フォスターは、自分を襲撃した三人を思い浮かべていた。あの三人のせいに違いないと考えていた。

彼は、赤坂の裏通りにある安ホテルに泊まっていた。警察だけでなく、戦いを挑んでくる連中がいるとすると、どこにいても安全とは言えなくなってくる。彼は、昼食を食べに外出したついでに公衆電話で、マーヴィン・スコットに連絡を取った。

「カミングスが逮捕されたって?」

フォスターは言った。

「ああ……」

「俺を襲った三人が関係しているのか?」

「たぶんな……。カミングスは手と膝の骨を折られた上に、足を銃で撃ち抜かれていた」

「あの三人は何者だ。どこにいる?」

「わからん。今、全力で調査している。今どこにいる?」

「それは言わないでおく。またこちらから電話する」

フォスターは電話を切った。彼は、自分がしだいに追いつめられる狩りの獲物のような気がした。

いやな気分だった。日本人をなめていたのを後悔した。

「情報をリークする？」

秋山が陣内の顔を見つめた。

陣内はうなずいた。

「わが内閣情報調査室とCIAは、かつて太いパイプが何本も通っていました。今でも、活用しようと思えばできるルートもあります。それを使って、ここがわれわれのアジトであることを、洩らすのです」

「なるほど――」

陳が言った。「CIAルートで、スコットがわれわれの所在を知る。今度は、むこうから仕掛けてくるのを待つわけか」

「そう」

陣内はうなずいた。「罠《わな》をしかけるわけです」

「やつらを探し回る手間は省けるな……」

屋部が言った。

「その代わり――」

秋山は澪を見た。「迎え撃つ態勢をちゃんと整えておかなければ……」

「わかってるわ……」

澪は言った。「足手まといになるつもりはないわ。当分、あたしはここから離れていることにします」

「それがいいですね」

陣内は言った。「では、さっそく役所に帰って手筈《てはず》を整えます」

陣内はまっすぐ内閣情報調査室に帰った。

そして、彼の計画は実行された。

二日後シド・フォスターは赤坂のホテルを引き払った。常に移動していなければ不安だった。

(いつか逆転してやる)

彼は心のなかでつぶやいていた。

昼食には早かったが、朝食を兼ねて何か食べることにした。乃木坂通りに面した喫茶店に入ってサンドイッチを注文した。

公衆電話のところへ行って、マーヴィン・スコットにかけた。

「進展は？」

「連絡を待っていたんだ。敵の正体がわかった」

「ほう……」

「居場所もな……」

「何者だ？」

「日本の謀略機関が雇った非合法工作員だ。『外交研究委員会』というのがコードネームだ」

「よくわかったもんだ……」

「実はな、CIAルートで情報が取れた」

フォスターはいやな予感がした。

「罠じゃないのか？」

「どんな罠だというんだ？」

「俺たちをおびき出すための……」

「用心深いのもいいがな、フォスター、先手を打ったほうが勝つんだ。カミングスの二の舞いになりたいか?」

「わかった」

フォスターは思った。この男もおびえ始めている。「……で、どうする?」

「ふたりで襲撃する。地理をよく調べておこう。その後に監視して敵の行動パターンを知る。そして、殺す」

フォスターとスコットは、独自に『外交研究センター』のあるビルの周辺を調べた。

近くには、テレビ局があり、さらに足を延ばすと、中学・高校がいっしょになった私立の女子高がある。

一番町の交差点までは道のりで約三百メートル。一番町の交差点を新宿通りの方向へ行くと左手にダイヤモンドホテルがある。

同じく一番町の交差点を内堀通りの方向へ進めばイギリス大使館の裏手に出る。

ふたりは互いに一度も姿を見かけなかったが、それは双方とも用心している証拠だ。

フォスターは、あたりの地理を頭に叩き込んで、いざというときの逃走路を幾通りも思い描いた。

あとはスコットと襲撃の日時を打ち合わせるだけだ。

『外交研究センター』があるビルの正面に、番町グリーンパレスという小さなホテルがある。

陣内はそこの一室を借り、『外交研究委員会』の拠点を移した。澪はそちらに常駐することになった。

『外交研究センター』にいる人間は、誰であろうが囮《おとり》ということになる。

陣内は故意に、その周辺に、警察や公安調査庁などの人間を近づけさせなかった。敵に、こちらが油断していると思わせるためだ。

リスクは大きいが、三人の武術家に賭けたのだった。

『外交研究センター』には常にふたりいるようにした。残りのひとりは、周囲をパトロールしたり、グリーンパレスの基地へ行ったり食事をしたりと、言ってみれば遊軍となるわけだ。

その役割は順次交替した。

そうして数日が過ぎた。

陳が遊軍となって、散歩するような調子でパトロールをしていた。黒いセダンが路上駐車しているのに気づいた。

なかに人が乗っている。白人だった。陳はぴんときた。遠くからだから、はっきりしないが、スコットのように見える。

陳果永は公衆電話を探して、『外交研究センター』に電話した。

秋山が出た。

「陳だ。スコットらしい男が、黒いセダンに乗って監視している」

「車に乗っているのはスコットだけか?」

「ひとりだ」

「気をつけろ。シド・フォスターも近くにいるはずだ」

「わかった。もう少し歩き回って、シド・フォスターを探してみる」

陳果永は電話を切った。

「誰を探すって?」

日本語でそう言われて、陳は思わず振り返った。

シド・フォスターが立っていた。スポーツジャケットのポケットに両手を差し込んでいる。

周囲に人がいるかどうかなどかまってはいられなかった。白昼、静かなビジネス街で、突然、ストリートファイトが始まった。

陳は、いきなりシド・フォスターに殴りかかったのだ。左の裏拳——中国武術でいう掛《か》捶《すい》から入っていった。すぐさま、右の平撃を見舞う。陳果永の平撃はほとんどの場合、縦拳だ。

シド・フォスターは、次々と繰り出される拳や腿（蹴り）を、ウィービング、ダッキング、パリーなど、ボクシングで使われるテクニックでかわしていった。

陳は、さっと腰を落とし、片方の膝を立てると、もう片方の足で、フォスターの膝を蹴ろうとした。

フォスターは、それを読んでいたように軽々と飛び上がってよけると、そのまま、陳のうしろに回った。

空気を切る鋭い音がした。宙できらりと光るものがあり、次の瞬間、陳の喉に食い込んだ。両端に木製のグリップがついた細いワイヤーだ。ゲリラの武器のなかで、ナイフに次いで確実な殺人用具だ。

だが、フォスターはそこで殺そうとはしなかった。

黒いセダンのほうにずるずると引っ張っていく。陳は抵抗できない。

遠巻きに野次馬が集まり始めている。

車のドアが開いた。フォスターは陳を車に押し込めようとした。

そのドアをうしろから蹴り、勢いよく閉めた者がいた。フォスターは振り返った。

屋部長篤が立っていた。

わずかに、フォスターが締めていたワイヤーがゆるんだ。

陳は、そのまま、フォスターのほうに身を寄せると同時に、水月に肘を叩き込んだ。

崩れ落ちようとするフォスターの両手をつかんだ。ワイヤーのグリップをつかんだまま倒れられては、陳もいっしょに倒れなければならない。

陳はなんとか片方のグリップをはなさせることができた。陳は、ようやく一息ついた。

首をおさえてうずくまる。

肘をくらったダメージから、早くも回復していたフォスターは、両手を組んで、陳の上に振り降ろそうとした。

屋部が滑るような足取りで近づき、体当たりした。

「くそっ！」

フォスターは、もんどりうって倒れた。そのまま、その場から逃げ出した。

スコットは車を発進させた。だが、路地から飛び出てきた同様の黒い車に鼻先をぶつけてしまった。

路地から出てきた車には陣内が乗っていた。連絡を受けてグリーンパレスからやってきたのだった。

スコットは、運転席から飛び出した。手にはオートマチック拳銃を握っている。米軍の制式拳銃ベレッタM92Fだった。マガジンには9ミリ・パラベラム弾を十五発装塡できる。

陣内はシートに身を伏せた。

スコットは三発連射した。陣内の車の窓に穴がうがたれた。

スコットは振り返った。

黒い影が宙を舞ったように見えた。スコットはあわてて銃を振り上げた。

銃が蹴り落とされた、次の瞬間に、顎を蹴られた。宙に舞った黒い影は屋部長篤だった。

彼は、人間ばなれした跳躍力を発揮した。飛び二段蹴りだった。

スコットの顎が割れて、血がしたたった。白いワイシャツにいくつもの血のしみができた。

スコットは怒りのため蒼白な顔をしていた。

彼は海兵隊のマーシャルアーツのファイティングポーズをとった。キックボクシングに近い。

屋部長篤と、陳果永はそのまえに立ちはだかった。

スコットは、ワンツーのパンチから、上段回し蹴りを屋部に見舞った。屋部はまばたきすらせず、それらの技を見切った。

そこから、スコットは、そのまま、後ろ回し蹴りにつないだ。

屋部はそれもやりすごした。彼は言った。

「所詮、おまえらのは空手の真似事だ」

スコットの足が着地した瞬間に屋部は、すっと歩を進めた。

スコットはあわてて、フックを出した。屋部はかまわず、正拳で突いていった。屋部の突きがうなりを上げた。突きは、スコットのフックをはじきながら、膻中（胸骨のツボ）に炸裂した。

スコットは、車にはねられたような勢いで後方へ吹っ飛び、倒れたまま動かなくなった。

臆中は中丹田とも言われる中段最大の急所だ。しばらくはまともに生活できないだろう。

陣内がおそるおそる顔を出した。

そのとき、すでに、屋部と陳は、秋山とフォスターの姿を探して駆け出していた。

数は少ないが遠巻きに野次馬がいた。パトカーのサイレンの音がかすかに聞こえてくる。

陣内は大きな溜め息をついて、倒れているマーヴィン・スコットを見下ろした。


シド・フォスターはふたつの女子高の間の道を駆け抜け、すぐに左に曲がった。左手に小さな林が見えてくる。東郷公園だった。

フォスターは何といってもゲリラ戦の専門家だった。もちろん市街戦にも慣れてはいるが、地の利がない場合は街中で戦うべきではない。

木立ちのなかに駆け込んだとたん、フォスターは生き返ったような気分だった。

彼は、木の根元にうずくまり、追ってきた秋山を見た。シド・フォスターはサバイバルナイフを抜いた。右手にナイフ。左手に、グリップ付きのワイヤーを持つ。

秋山はじりじりと近づいてくる。公園のなかには、散歩する人々がいたがまばらだった。

フォスターのほうを気にしている人間はいない。フォスターが動くと、秋山は立ち止まった。

フォスターは秋山を見ている。だが、秋山のほうでも、フォスターの居場所を知っているように見えた。ふたりは凍りついたように動かなくなった。

灌木の陰から殺気が漂ってくる。秋山は殺気というものを初めて実感した。それは圧迫感に似ている。静電気のようにぴりぴりとした不快なものだった。

彼は動けなかった。動くのがおそろしかった。しばらく相手の動きを見ることにした。相手も動かない。

シド・フォスターは自分の得意な戦場を選んだのだ。

秋山は充分に用心しなければならなかった。しかし、いつまでもじっとしているわけにはいかなかった。

秋山は、大きく息を吸った。それをゆっくり吐き出していく。それがいつしか、無声の気合いになっていた。ず、と大きく一歩踏み出す。

はじかれたようにシド・フォスターが飛び出してきた。

秋山の目のまえを何かが通り過ぎていった。ワイヤーのグリップだ。目つぶしの代わりに使われたのだ。

秋山は後方に身を引いた。フォスターは、秋山の手首を狙って、小さくナイフで弧を描いた。

咄嗟に秋山はかわしたが、袖が裂かれていた。

さらに秋山は後退した。一度退がり始めると「先《せん》の先《せん》」を狙うことは難しくなってくる。

秋山の技はパワーの技ではない。タイミングがすべてと言っていい。

フォスターは、それを見抜いているのか攻撃の手を休めない。

秋山は、不利な状態になりながらも、チャンスを狙っていた。どん、と背に何かがあたった。シイの木にぶつかったのだ。秋山は木に追いつめられたのだ。

フォスターが、かすかに笑った。

彼はナイフを両手で持って突っ込んで来ようとした。その瞬間に秋山の足が流れるように動いた。

秋山は、人差指の関節を高く突き出した拳で喉を狙った。

フォスターが出ようとした、まさにそのとき、秋山の人差指の関節が、深々と喉の中央――天突のツボを貫いていた。

フォスターは何もかも投げ出し、喉をおさえて地面の上でもがいた。

秋山は、肩で大きく息をついていた。それで終わりだと思った。

しかし、フォスターは、さらに反撃してきた。しゃにむに立ち上がって、つかみかかってきたのだ。

秋山は驚くよりも、感服していた。天突のツボを突かれた今、フォスターは地獄の苦しみを味わっているはずだ。

それなのに彼はさらに、攻撃をしかけようというのだ。

秋山は、さっと体をかわしざま、フォスターの手を取って反《かえ》した。フォスターは投げ出された。小手反し投げだ。今のフォスターはそんな単純な技でも対処できる。

さらに起き上がろうとしていたが、やがてがくりと力尽きたようにうつぶせになった。

秋山はゆっくりと近づいた。

フォスターの意識があるかないかはわからない。

秋山は言った。

「生まれて初めて、あんたのような男に会った」

フォスターは動かない。

秋山はさらに言った。

「僕に息子が生まれたら、あんたの名をもらってつけることにしよう」

陳と屋部が駆けてくるのが見えた。

21

「病根を取り去りましたからね。状況はどんどん良くなりつつありますよ」

陣内は、危機管理対策室のブースで、下条室長に報告していた。

「麻薬、台湾マフィアの抗争、暴力団のにらみ合い、特定市街地のスラム化……」

下条は言った。「君は病根と言ったが、本当の病根は、もともとこの東京にあったのかもしれない」

「あいかわらず、センチメンタルですね」

「君ほどじゃないよ」

「は……?」

「虹玉幇の若いのがふたり、留置場から連れ出された。そのふたりは、翌日、死体で見つかった。素手で殺されていたそうだ」

「千華幇のしわざじゃないですか？」

下条は陣内を見つめた。

「たぬきめ……。まあ、そういうことにしておこう。それで、わが『外交研究委員会』の連中はどうしたのかね？」

「さあ……？　自由の身ですからね……」

「不法入国者がひとりいたはずだぞ……」

「忘れていました。室長もお忘れになってください」

下条はあきれた顔をした。

ドアがノックされ、さっと開いた。下条の部下が言った。

「外相がお呼びです」

「すぐ行く」

下条が言うと、ドアは閉じられた。

「あの三人を、叩き返すとき、どういう見得を切るべきか相談してくるよ」

下条が立ち上がった。「よくやってくれた。あとは政治家が始末をつける」

秋山は、梅雨時のうっとうしい空を見上げていた。のどかな日が戻ってきたのだ。

そこは石坂教授の研究室だ。

屋部長篤は、また旅に出たという。陳果永は、新しい仕事を求めて東京のなかをさまよっているのかもしれない。

陣内は、彼らふたりについて警察と取り引きをしたようだった。

秋山は思っていた。

短い付き合いだったが、これほど心に残るやつらはいない。

屋部、陳、そしてシド・フォスター……。

ドアが開いて、熱田澪が入ってきた。彼女はほほえんだ。

秋山もつられて笑顔になった。

「あ、昔のままの秋山さんだわ」

澪が言った。

(そうとも)

秋山は心のなかで言った。(僕はここへ帰って来たんだ)

2018年、「今野敏の軌跡 〜作家生活40周年〜」と題し、出版各社が協力してさまざまなイベントを企画。その代表メンバーに集まっていただいた。

●40周年企画が生まれるまで

鳥原《とりはら》　始まりは、今野さんが「若手会」と称して若手編集者を集める会を開いてくださったんです。「おまえたちはいつも大人しすぎる」と。

飛鳥《あすか》　「もっとワイワイ盛り上がって面白い話をしろよ、昔の編集者はやってたぞ」と言われた。

鳥原　毎年今野さんと行く伊香保《いかほ》旅行があるんですが、一昨年《おととし》の旅行帰りに（作家生活）40周年の話になったんです。

飛鳥　35周年企画をやったと言われて、40周年もやらないといけない、と思って……。

菅《かん》　じゃあ40周年もやりましょう、という話が出たときに、鳥原さんが「若手会でやります」と言ったから始まっちゃった。

飛鳥 始まっちゃったって（笑）。

鳥原 僕は35周年のときにも企画に参加していたので、35周年でやったのに40周年でやらないなんて、と思ったんです。若手会と言っても30歳は超えているので、多少はできるぞというところを見せないといけない。なんとか印象を残してやろうと。

菅 さすが、反骨精神。

鳥原 それで「菅さん、やりましょうね」と丸投げしたんです（笑）。原稿をもらおうと思って必死だった。

菅 身もふたもない（笑）。

飛鳥 みんなで話したのは、今野さんのために40周年をやるというより、今野さんの作品を1年間通して売ろうということ。

鳥原 今野さんの作品が毎日書店にあるという状況を作る。

菅 しかもそれが話題になるようにね。それで、1月にマスコミを集めて記者会見で発表しようという話になって、新潮社でやることになったんです。

飛鳥 ちょうど隠蔽《いんぺい》シリーズの新刊が40周年の最初に出たというのもタイミングがよかったよね。

菅 40周年のロゴも新潮社が作ってくれた。取材もたくさん来てくれましたね。

●印象に残っているイベント

飛鳥 3月にやった八重洲《やえす》ブックセンター本店の一日店長は面白かった。店内アナウンスもよかったし、柚月裕子《ゆづきゆうこ》さんがゲストで来てくださったんですが、以前、伊香保で披露した飛鳥と菅の漫才とは比べものにならないくらいお二人の話が面白くて。

菅　比べなくていい！（怒）

飛鳥　ふだん見られない今野さんの顔も見られました。

菅　小説誌ジャックで一番印象に残っているのが警察大学校での講演。今野さんの「実際の事件に関わると、自分の価値観が揺らぐことがあると思うけれど、自分がなぜこの職業に就《つ》こうと思ったか、初心に戻る」という話がすごく感動的だった。現役の警察官に向かって警察小説の作家が語るって、ちょっと怖い状況じゃない。そういう人たちの心に響く講演ができる今野さんは本当にすごいと再認識しました。

鳥原　広島県警でも同じ。「警察の悪口を一切書かないから、応援してくれるんじゃないかな」とおっしゃっていました。僕は、小説誌ジャック14誌の記事を収録した小冊子のまとめ役をやりました。各誌が同じ5月号で記事を掲載するので、今野さんのスケジュールを立ててもらうのが大変で。どの社がどの企画をやるのか、調整も大変でしたけれど、まとめるときはどの順番にしようか、ページを構成していくのが楽しかったです。

菅　川上弘美さんとの対談企画はみんなやりたがっていたね。

飛鳥　好きだから（笑）。

鳥原　それは編集長特権で僕が担当しました（笑）。そういえば若手会の話し合いは、紛糾することがまったくなかった。というより、それぞれが別々のことを話して、紛糾どころか話が進まない（笑）。

飛鳥　ひと言もしゃべらずにごはん食べ終

わって帰るNさんとか（笑）。

鳥原 和気藹々《あいあい》として、みんなが今野さんのために楽しんでやっている。レジュメや議事録は菅さんがまとめてくれました。

菅 みんなに見てもらって一斉にメールで流して。で、飛鳥さんはみんなのランチのお金を払う（笑）。

飛鳥 やめなさい。会計係だから！

菅 この座談会が出る頃にはお祝いのパーティも終わっているんですよね。ここまでやってきたのに最後に大粗相《だいそそう》して「おまえらにまかせたのは大失敗だった！」って言われたらどうしよう（笑）。

飛鳥 それはそれでちょっと面白いかも。

菅 面白くない！

飛鳥 今野さんなら許してくれるよ。でも、こんな大きなイベントをやることはそうそうない。これだけ大がかりにやれるというのは、今野さんならではですよね。

●人としての魅力、作品の魅力

菅 今野さんってあまりご自身からはしゃべらないじゃないですか。最初にお会いしたときは、どこまで見られているんだろうという怖さはありましたね。

飛鳥 でも一回も怒られたことはない。最初から優しいイメージがある。

鳥原 僕は担当になる前、学生時代にバイトのとき、銀座の飲み屋でお会いしたんですよ。スーパーマンのTシャツを着ていた（笑）。警察小説を書かれているから怖いイメージでいたのに、すごくにこやかに飲んでいて、フランクというか、チャーミングというのが第一印象。

菅 この間、名古屋で書店さんとの会を持ったんです。大御所だからと皆さん緊張していたのですが、今野さんの優しさに魅了されて、楽しんでいただけました。

鳥原　でも、警視総監に会える機会があったときは、今野さんもさすがに緊張していました。分刻みのスケジュールの中行ったんですけれど、警視総監室に入ったとき、「二度と入れないかもしれない」って。

いま、樋口顕《ひぐちあきら》シリーズを連載していただいていて、すごく素敵なシリーズなんですけれど、やっぱり安積班《あづみはん》シリーズが好きですね。あと、一番のオススメは『流行作家は伊達《だて》じゃない』。この1冊で今野さんのすべてがわかる。

菅　思い入れのある作品はいろいろあるんですけれど、自分の担当でいうと任俠《にんきょう》シリーズ。文庫の『任俠病院』が出るとき、カバー替えで一巻目の『とせい』を『任俠書房』に改題して。それが編集者になって関わった初めてのヒットだったんです。三部作で終わるはずが「わかったわかった、書くからうるさく言うな」みたいな感じで『任俠浴場』を書いてくださったのはいい思い出です。

飛鳥　集英社では武道ものを書いていただいているんですが、今野さんのライフワークをお手伝いさせてもらっているなと思います。この『邀撃《ようげき》捜査』に出てくる屋部《やべ》長篤《ちょうとく》は喜屋武朝徳《きやんちょうとく》だし、熱田澪《あつたみお》の祖先、伝説の武芸家は熱田宗覚《そうかく》となっているけど武田惣角《たけだそうかく》。これはぜひ言わないと、と思って来ました（笑）。初期の作品には今野さんのいろいろなエッセンスが詰まっている。

菅　一番解説っぽい（笑）。今野さんはよく、ハッピーエンドとおっしゃっていますが、読んだら元気が出る、前向きになるというのはどの作品にも共通している。『隠蔽捜査』は空手家・今野敏じゃないと書けない小説だと思っています。竜崎の時間の流れは、ただの官僚じゃなくて、武道を突き詰めた人の目配りとか流れがある気がする。

鳥原　文体がいい意味ですっきりしていて、無駄な描写はほとんどされない。書かなくてもいいことは書かないというスタンスがあって、それが読者に想像させる余地も与えたり、読んでいて気持ちがいい。そこは今野さんの言葉のマジック、力なのかなと。

飛鳥　これも空手というのが大きいんじゃないかと思うんですが、男の子の仲間集めが好きなんだろうなと(笑)。竜崎にしても安積班にしても、ちょっとひと癖ある人間をひとつのチームにする。今野さん自身がそういうタイプの人なので、人間性と作品世界がリンクしているんじゃないかな。その最大の仲間集めが若手会だと言ってもらえるように……。

鳥原　やらないといけないね。

飛鳥　でもお祝いのパーティで……。

菅　「おまえらにまかせたら大失敗だった！」(笑)。

鳥原　50周年も55周年も60周年もやりたいですね。

菅　60周年だと20年……今野さんは83歳。

鳥原　とりあえず、われわれが定年になるまでは書いてもらいましょう。

菅　食わせてもらいます(笑)。という冗談はともかく、ずっと書いていただきたいですね。

本書は2009年5月徳間文庫として刊行されたものの新装版です。なお、本作品はフィクションであり実在の個人・団体などとは一切関係がありません。

徳 間 文 庫

内調特命班《ないちょうとくめいはん》 邀撃捜査《ようげきそうさ》

〈新装版〉

2018年12月15日 初刷

著者 今《こん》野《の》敏《びん》

発行者 平野健一

発行所 東京都品川区上大崎三−一−一 目黒セントラルスクエア 〒141−8202 株式会社徳間書店

電話 編集〇三(五四〇三)四三四九 販売〇四八(四五一)五九六〇

振替 〇〇一四〇−〇−四四三九二

印刷 製本 大日本印刷株式会社

ISBN978-4-19-894417-9 (乱丁、落丁本はお取りかえいたします)

徳間文庫の好評既刊

今野敏

怪物が街にやってくる

勝負というのは、機が熟すれば、自然と舞台ができ上がるものだ——世界最強と名高い〝上《うえ》杉《すぎ》京《きょう》輔《すけ》トリオ〟を突如脱退した武《たけ》田《だ》巌《いわ》男《お》が、新たにカルテットを結成した。ついに、ジャズ界を熱狂的に揺さぶる怪物たちの対決の時がきた。いよいよ演奏が始まる……。警察小説の旗手である著者の原点であり、当時筒井康隆氏に激賞された幻のデビュー作を含む傑作短篇集。作家生活40周年を記念して復刊。